de A a Z,
eróticas

de A a Z, eróticas

Sheila Hafez

1ª edição

São Paulo - 2016

LARANJA ● ORIGINAL

Retribuição

privilégios e amores
transporte de bagagem
coragem para abrir a gaveta
reciclar
pausa a menos
se não gostarem do que ofereço
problema sem solução
voo
vida
verdade
vã

Sumário

8	Amélia verdadeira
12	Beatriz no inverno
16	Cândida não é mais virgem
20	Débora pesquisadora
26	Estela aberta
30	Fabiana no cineclube
34	Gabriela e as artes modernas
40	Helena e os celulares
48	Ivete no boteco
54	Julieta e o banquete
58	Kátia no acostamento
62	Laura, a bela adormecida
66	Marcela e a iniciação
72	Nádia e o jogo
76	Odete Blues
80	Patrícia e a conta a ser paga
84	Quitéria no tráfego intenso
90	Rosário
94	Sandra e a Bossa Nova
100	Teodora
104	Ursula gulosa
110	Valquíria e Chocolate
114	Wanda executiva
118	Xênia, a loba
122	Yara no shopping
128	Zoraide au restaurant

a

Amélia verdadeira

Atração sexual não é mera questão de gosto por determinadas
particularidades físicas, é uma força da seleção natural no decorrer
de milhões de anos de luta por sobrevivência. A ciência diz que
o interesse evolucionista do macho é fecundar o maior número de
fêmeas possível, enquanto o da fêmea seria basicamente controlar
o crescimento da prole e poupar energia para futuras concepções.
Hoje, a teoria do macho polígamo é polêmica, pois somos as principais
responsáveis pela decisão de ter filhos. Se vamos continuar a povoar
o planeta, que seja com prazer incomensurável e disposição para
construir um mundo melhor.

A mulher é cíclica e define um tempo particular de fertilidade,
em média aproximadamente trinta e cinco anos. Nossos hipotálamos
insistem em mandar a hipófise liberar hormônios que agem sobre
os ovários, estimulando-os a produzir estrogênios encarregados de
amadurecer um óvulo a cada mês. Como galinhas poedeiras, estamos
preparadas para o sexo, temos a vagina lubrificada e aquecida, uma
pele sedosa e brilhante, não sentimos quase fome, estamos sedutoras,
agressivas, independentes e bem-humoradas. O mesmo hipotálamo,
então, avisa a hipófise para liberar outro hormônio que obriga o ovário
a produzir progesterona, a fim de assegurar uma possível gravidez.
Ficamos opacas, famintas, com retenção de líquido, dor nas mamas,
diminuição da lubrificação vaginal e da libido. É então que nos
sentimos um lixo, dependentes, irritadas, inseguras, carentes, menos
criativas e carinhosas. Se o ventre não foi fecundado, menstruaremos
vítimas de um ciclo fútil e voltaremos a assistir a reprise de todos os

capítulos desta novela durante o próximo mês, no mesmo horário e canal. Estrogênios e progesterona são os mais importantes hormônios sexuais capazes de influenciar o comportamento feminino e não existem dois dias no mês em que as suas concentrações sejam as mesmas em nossos organismos. Nem todo dia, biologicamente falando, é o melhor nem o pior para as mulheres. Amanhã realmente será outro dia para cada uma de nós, mas isso não é garantia de nada, como sempre. Precisamos agir!

Nosso cérebro ainda não entendeu que não precisamos estar disponíveis para engravidar todos os meses, precisamos treiná-lo urgentemente, pois a relação sexual independe da maternidade.

Há um século não era possível sonhar com a possibilidade do sexo pelo sexo, éramos reféns de gestações emendadas umas nas outras e dos precários métodos contraceptivos pouco eficientes. É hora de imprimir uma nova dinâmica à nossa tão curta energia libidinosa e nos libertarmos das ideias e dos mitos criados em torno do amor único, eterno e que deve nos completar.

Adeus estereótipos, fora estagnação! Para muitas mulheres a masturbação ainda representa algo pecaminoso, que pode prejudicar seu corpo e incorreto do ponto de vista moral. Este tabu contamina o imaginário feminino e precisa ser combatido com ardor. Afinal, estamos na era digital e vibramos quando nos sentimos divinas.
O exercício do autoconhecimento é importante. Caso haja um Ser Onipresente, Onisciente e Onipotente, só pode querer ver, saber e nos fazer felizes. Lamentamos o fato de não produzirmos óvulos como espermatozoides. Ficamos aflitas e angustiadas porque nossas fábricas internas não produzem sob demanda e não aceitamos esta diferença fundamental entre os dois sexos. Choramos lágrimas de sangue todos os meses porque nosso útero dramático se ressente de não cumprir bravamente sua missão.

Sabemos por pesquisa que apenas 50% das brasileiras têm orgasmo e que apenas metade destes é vaginal, o que nos faz deduzir que a maioria mantém a tradição de ficar prenha sem prazer. Não é hora de admitir que a chance de criar seres mais felizes é maior se, treinadas, usarmos os neurotransmissores envolvidos nas sensações de bem-estar?

Acolher o fruto de uma união que deixou ótimas lembranças é revolucionário para a raça humana.

A aceitação de um organismo estranho dentro do corpo da mulher é um enigma em termos imunológicos e o processo da gravidez pressupõe o crescimento de um ser geneticamente diferente dentro do útero da mãe, que não o rejeita, independente de todas as alterações de natureza psíquica que possam surgir.

Mais espantoso ainda é que toda mulher pode produzir leite, sangue destituído dos glóbulos vermelhos, mesmo que não tenha gerado a criança que suga seu peito. Somos maravilhosamente responsáveis pela manutenção da vida e não precisamos ser as piores inimigas de nós mesmas, rivais por excelência que mantêm entre si comportamentos preconceituosos e julgamentos impiedosos.

Nos homens domina a testosterona, sem variações hormonais imprevisíveis desde a puberdade e sua influência no comportamento se resume à aquisição de duas características: espírito de competição e agressividade. Disfunção erétil é pesadelo para o homem e pequenas pílulas já tratam de aliviar este sufoco! Nós temos que deixar rolar a fantasia, não carregar receios para a cama como o de não agradar o/a parceiro/a. Pensar em si mesma, pois se ele/a está ali é porque te quer, tomar sempre precauções, escolher com muita calma o pai da criança e aproveitar para viver experiências enriquecedoras.

Beatriz no inverno

Lembro detalhes dele explicando como acender uma lareira. Não se pode amontoar a lenha de qualquer jeito, é necessário que as toras estejam dispostas de forma a deixar livre a circulação de ar. A madeira deve preferencialmente estar bem seca, pequenos gravetos são ideais para iniciar um fogo brando e é importante que haja muitos disponíveis. O fogo cresce em intensidade na medida em que o calor se espalha, gerando as altas e belas chamas desejadas, que aquecem e iluminam todo o espaço em volta. Uma vez que o fogo pegou, o importante é mantê-lo alimentado.

    Aquariana com ascendente aquário, ar e ar, eu tentava acompanhar as instruções do manual científico daquele homem prático e fascinante, que tinha regras rígidas até para elevar a temperatura ambiente. Por princípio, concordei com não sufocar seja lá o que fosse e ressaltei o valor dos gravetos que equivaliam a carícias preliminares cuidadosas, sem pressa, numa relação sexual tântrica construída com controle, treino, paciência e tolerância.

    Intuitiva, escolhi levar roupas discretas para aquele primeiro fim de semana em seu chalé na montanha, convite que poderia ter sido feito no outono, mas que só chegou efetivamente no inverno. Como sempre, achei que todas as outras mulheres do mundo eram infinitamente mais sedutoras do que eu e que ele jamais tomaria a iniciativa de me convidar seja lá para o que fosse. Como ficou mais do que provado, o que eu imaginava ser ausência de desejo era enorme gosto pela conquista. Aquele ser intocável, inacessível, era do tipo que deixava claro que a aproximação dependia dele. Meu desassosego e inquietação não aceleraram sua atitude, ele não queria uma experiência morta. Quando sentiu que todos os outros desapareceram para os meus olhos, que as distrações monótonas do ócio que considerava um paraíso poderiam vir a me interessar, não hesitou em agir.

Fazia muito frio quando chegamos e me surpreendi com sua perícia e desenvoltura ao cuidar do aquecimento com rapidez, acender o lampião a gás para equilibrar a luz e preparar um chá de ervas no pequeno fogareiro. O tão sonhado macho provedor, espécime em extinção, demonstrava seus dotes logo na chegada à noite e me excitava com aquele comportamento atencioso. Perguntou se eu estava confortável. Dividiríamos a mesma cama ou ele iria dormir na sala, pensava eu, que já tinha radiografado todo o ambiente e detectado que o charmoso chalé contava apenas com um quarto.

Socorro, eu ficaria mais à vontade amordaçada pela carne que está no meio das suas pernas, estava sufocada pelo desejo que cerra a garganta e que queima. Não é justo nem natural que eu o insulte. Ele sentia desprezo por minha condição transparente, que me deixava orgulhosa em ser cativa e servil? Pensava nisso quando ele afirmou que apenas um edredon seria suficiente para manter-nos aquecidos durante a noite. Que alívio, me esparramei no sofá, tirei o casaco de gola olímpica e fiquei de camiseta regata, meias soquete e sem as pesadas botas que calçava e cujos saltos fizeram barulho ao atravessar a sala rústica com assoalho de madeira. Ele continuou a me despir lentamente, tateando as curvas do meu corpo como quem aprecia uma escultura com as mãos, depois de admirá-la por longo tempo com os olhos. Adorei seu toque leve e correspondi ao seu impulso, desabotoando sua camisa e deixando seu peito largo e viril à vista. As peças de roupa foram ficando espalhadas pelo chão e nada parecia incomodá-lo. Ele me cobriu com seu corpo nu e ficou quieto, tranquilo, transferindo calor para a minha pele, acalmando meus sentidos apressados. Meu coração estava acelerado, mas meus pés continuavam frios. Ele colocou mais lenha na fogueira e sentou-se em minha frente com as pernas abertas, massageando meus pés cujas solas aninhavam seu pau duro, emoldurado pelas minhas unhas pintadas apenas com base fosca. Por que eu me distraía pensando nestes detalhes? Não era hora de relaxar e me entregar completamente àquele homem que me galanteava há tempos e de quem eu era voluntariamente escrava nesta noite? Era evidente que ele tinha domínio sobre si mesmo, enquanto eu era vítima de amores que temiam desagradar. Perturbada pelo desejo que lia nos olhos dele, perguntei se ele queria ter me convidado antes, mas ele não respondeu, foi subindo suas mãos devagar pelas minhas pernas até penetrar minha vagina com seu dedo indicador. Minha umidade interna denunciava um tesão enorme e me calei quando ele levou o mesmo dedo às suas narinas e respirou profundamente meus aromas mais secretos. Minha boca seca faltando saliva procurou a sua, molhada e macia. Seu beijo já valeu a viagem: longo, demorado, explorador. Lembrei-me do encantamento dos primeiros beijos adolescentes, voltei no tempo e me agarrei frágil ao seu pescoço. Eu já tinha tido tantas relações, mas parecia que somente hoje seria verdadeiramente deflorada por aquele meio homem meio anjo, não sei, era como se fosse uma primeira vez, não poderia prever o que viria depois, ele elevava o sexo a uma condição espiritual nunca vivida antes. Seria isto a metafísica? Onde ele teria escondido as suas asas? Ele me fazia voar. Não havia nenhum tapete mágico, era o seu toque que arrepiava minha pele, fazendo subir a penugem dos meus braços e pernas e criando infinitas antenas sensoriais. Nada mais importava a não ser entrar em harmonia com aquele tempo estendido, acumulando energia para um gozo pleno e transcendental, num encontro de corpos e almas que se fundem quando cessam seus diálogos internos. Gastamos toda a lenha disponível naquela noite e nem sequer usamos o edredon.

Cândida não é mais virgem

Vários sinais de que a fêmea está interessada, quer abrir-se toda e oferecer-se ao macho: as tetas ficam como faróis acesos, o suor corre nas mãos frias, o sorriso solto e um pouco nervoso, as pupilas dilatadas, os lábios e joelhos entreabertos aguardando...

Presumindo intimidade, ele sabe que ela gosta de sentir o caralho dele crescendo entre suas mãos e pede para que ela acaricie seu pau ainda mole. Deixa-se despir todo, orgulhoso em poder responder com prontidão à urgência do sexo oposto.

Ela admira o pênis já ereto e estende seus carinhos chupando-o com gosto.

– Lambe meu saco também, pede ele choramingando, segurando a cabeça dela entre suas pernas peludas e puxando delicadamente os seus cabelos ainda molhados do banho.

– Eu adoro quando você deixa minhas bolas molhadas e aperta minha bunda assim.

Ela atende de bom grado àquela súplica e agarra as nádegas firmes do varão que está em pé em frente a ela, totalmente entregue à sua

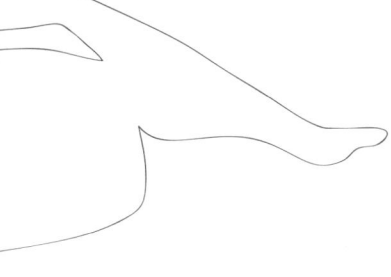

vontade, sem medo, no centro da sala de jantar. Ele corre as mãos pelas suas costas e desata os nós do fino vestido que cai até a cintura, deixando à mostra os seios de bicos duros que ficam acomodados nas conchas de suas mãos, como pequenos pássaros seguros no ninho à espera de alimento. Ele brinca com eles até o momento em que a puxa para cima e apoia suas costas na mesa antiga de madeira, mordiscando seus mamilos e percebendo, enfim, que ela está sem calcinha.

– Sem vergonha, é assim que eu te quero, cada dia melhor e mais tarada.

Sem tirar o vestido, ela senta sobre a mesa e escancara as pernas como se estivesse no ginecologista, aflita para que ele compreenda que ela quer a cabeça dele enfiada entre as suas coxas, com a língua procurando o micropênis na sua xana, naquele lugar que ela conhece tão bem, que está saliente e pulsante. Impossível errar.

– Cheiro de buceta é bom demais, eu sempre gostei, desde pequeno. Tem dia que está mais forte, como hoje. Ela não precisa dizer nada. Ele mergulha nos odores e sabores daquele mundo particular e quando ela está a ponto de chorar, ele alivia sua angústia. Mete seu pinto ritmadamente e com força alternando o compasso da quase superfície até o fundo de sua carne trêmula.

Ela prende seu pau como pode, com sua musculatura treinada e elástica. Os olhos se cruzam e preveem o gozo que virá quente e torrencial.

– Não consigo segurar mais...

– Não precisa, vem!

Ela agradece o néctar da vida que ele despeja dentro dela e trança suas pernas em torno do seu homem, acompanhando-o feliz nesta viagem de casal maduro, que não teme se virar do avesso e se conhece tão bem que, quando quer, quer e pronto, ponto final.

d
Débora pesquisadora

Era noite de lua cheia. A bola de luz reforçava a intenção de propor a ele um jogo: olhos vendados. A ideia já havia lhe ocorrido em ciclos, mas crescia, decrescia e sumia como a lua nova. Ela sabia que o desejo naquele homem era demasiadamente precoce, ele atingia o pico de excitação em pouquíssimo tempo e, para não constrangê-lo, ou talvez para não perdê-lo, ela aceitava a defasagem de tempos individuais e se sentia incapaz de estabelecer a sincronia tão desejada nas relações sexuais. Tinha esperança de que convencê-lo a abdicar da visão em favor do feminino, tido como o lado obscuro da lua, misterioso e inacessível aos olhos, ajudaria a sair daquele marasmo, atrasando um pouco o compasso dele e acelerando o dela.

Apesar de ser uma pessoa com autoestima empobrecida, constantemente insatisfeita com o amor, buscava a reciprocidade e não queria abandoná-lo como amante. Como explicar a cólera repentina que nascia do sentimento de impotência, da covardia em recriminar o macho por não ler seus pensamentos no leito e nem imaginar o que ela julgava ser tão claro? Manter-se naquele estado contraditório era terrível e ela estava decidida a vencer as fronteiras da inibição.

A oportunidade de introduzir o assunto se deu no jantar, quando, por acaso, se é que isto existe, ele começou a olhá-la como sua sobremesa predileta.

– Você é bonita de doer.

– Como assim de doer, você sofre porque me vê? Já pensou em como aqueles que estão privados da visão fazem amor, como é que percebem o interesse alheio?

Contrariado com aquelas especulações e querendo ir direto ao que interessa, ele argumentou rapidamente que alguns pesquisadores afirmam que exalamos feromônios através dos bilhões de poros na pele. Os tais produtos químicos voláteis sinalizam interesses sexuais, como já comprovado em outras espécies como borboletas e formigas. Estes estudos estavam resultando, por enquanto, em alternativas viáveis para a substituição de agrotóxicos, uma vez que poderiam atrair indivíduos da mesma espécie para uma "armadilha natural".

– Interessante, é como ficar cego de desejo... disse ela sentando em seu colo e amarrando o guardanapo de pano dobrado em volta dos olhos dele, antes que a conversa ficasse científica demais e pudesse dispersar sua disposição em seguir estrategicamente em frente.

– Acho que sim... Se eles realmente existirem na espécie humana e sua percepção se der de maneira inconsciente, podemos nos comunicar com sinais bioquímicos... respondeu ele, checando que, voluntariamente, ela também se abstinha do senso comum da visão.

– O "amor à primeira vista" seria talvez a maior prova da existência destas substâncias. Mas, e o amor a "longo prazo", aquele que visa aprofundar o contato e tatear o futuro sem medo... quem vai encarar?

Em estágios anteriores daquele relacionamento, ela não aproveitaria a coincidência para criar uma situação favorável a si mesma.

A sala parecia estranha e ampla demais para aqueles corpos que não buscaram o corredor que levava ao quarto e ficaram ali, de mãos dadas, buscando apoio no pequeno sofá de dois lugares que ficava próximo à mesa de onde haviam se levantado. A mesa baixa de centro ficava em frente ao sofá e foi devidamente empurrada para o canto por precaução, para evitar acidentes de percurso.

– Parece que somos visitas em nossa própria casa. Cuidado, acho que aí tem um porta revistas, lembra-se?

– É mesmo. Não se preocupe, não vamos cair, basta perceber e esquematizar o espaço de outra maneira, fazendo um desenho mental com a forma e o volume das coisas.

– Proponho parar de falar também. Já conversamos bastante, não quero um monte de palavras em torno das nossas cabeças, não quero mais pensar, quero apenas sentir.

Despiram-se lentamente, beijaram-se e mordiscaram-se ainda aflitos, driblando a dificuldade daqueles primeiros passos no escuro.

Visionários em estado de graça, escorregaram despreocupados para o chão e ocuparam-se alternadamente um do outro sem pressa, sem mapas nem bússolas.

A escuridão se encarregou de suavizar os espíritos que queriam desfrutar do banquete que eram aqueles corpos radiantes. A pele, o maior órgão sexual que possuímos neste físico formidável, foi estimulada à exaustão e fez com que os neurotransmissores entrassem em ação e transmitissem informações precisas aos genitais.

Ele, um sujeito de mãos grandes e pesadas, atendeu as súplicas da mulher em dosar sua força e construir o paraíso com leveza. Ela encarnou a rainha do boquete e, bem dotada para a prática, coordenou com precisão o movimento das mãos com o dos lábios. A pirâmide permaneceu firme à sua disposição durante um tempo que pareceu uma eternidade para ela que vibrava com a experiência de sentir na ponta de sua língua o que significava um coração bater mais forte e irrigar a zona onde a excitação era intensa. Ele estava calmo e concentrado, tinha os músculos relaxados, o corpo alerta, a respiração levemente acelerada.

Ela sentou de cócoras sobre aquele membro quente de tal forma que, apesar de apoiar seus joelhos com os braços, perdeu o equilíbrio. Buscou um jeito de manter-se por cima sem que tivesse câimbras, apoiou os joelhos no chão. Precisava de um melhor condicionamento, iria retomar a prática de alongamentos e caminhadas diárias. Agora era hora de agilizar. Buscou seu clitóris com a mão direita e conjugou os movimentos de subir e descer com a massagem dos dedos cientes da colaboração que podiam prestar a si mesma.

Ele tomou as rédeas assim que a sentiu pronta. Ela compreendeu e girou seu corpo, aceitando que ele ficasse por cima e que acelerasse o ritmo para o gran finale. Romperam o pacto de silêncio profundo com grunhidos.

Os ouvidos ficaram incrivelmente sensíveis e pareceram intuir o sexo que também estava sendo feito no apartamento ao lado.

Tiraram as vendas e miraram suas faces rosadas, aquecidas pela brincadeira que, finalmente, havia derrubado as carnes de ambos.

Satisfeita e com as nádegas coladas na barriga dele, ela perguntou se estariam loucos ou lúcidos. Precisavam colocar as teorias em prática e exercitar bastante. Afinal, todo método científico exige comprovação de dados após exaustiva experimentação e observação. Ele não ouviu, havia adormecido como pedra.

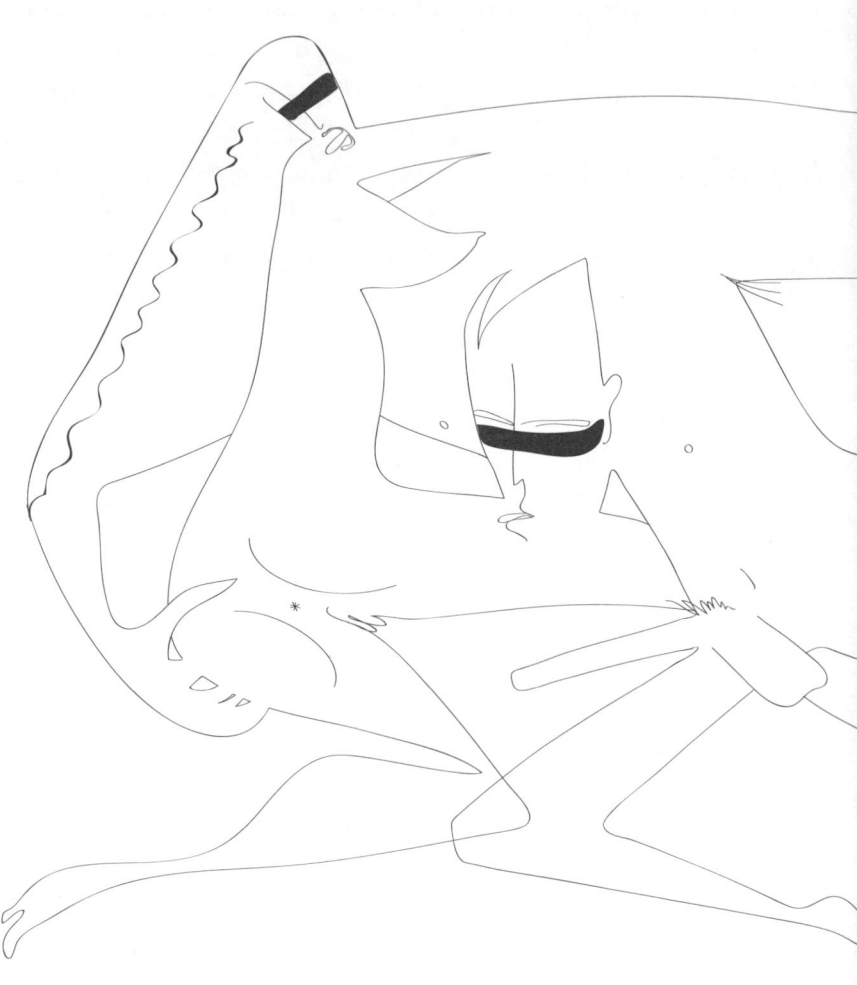

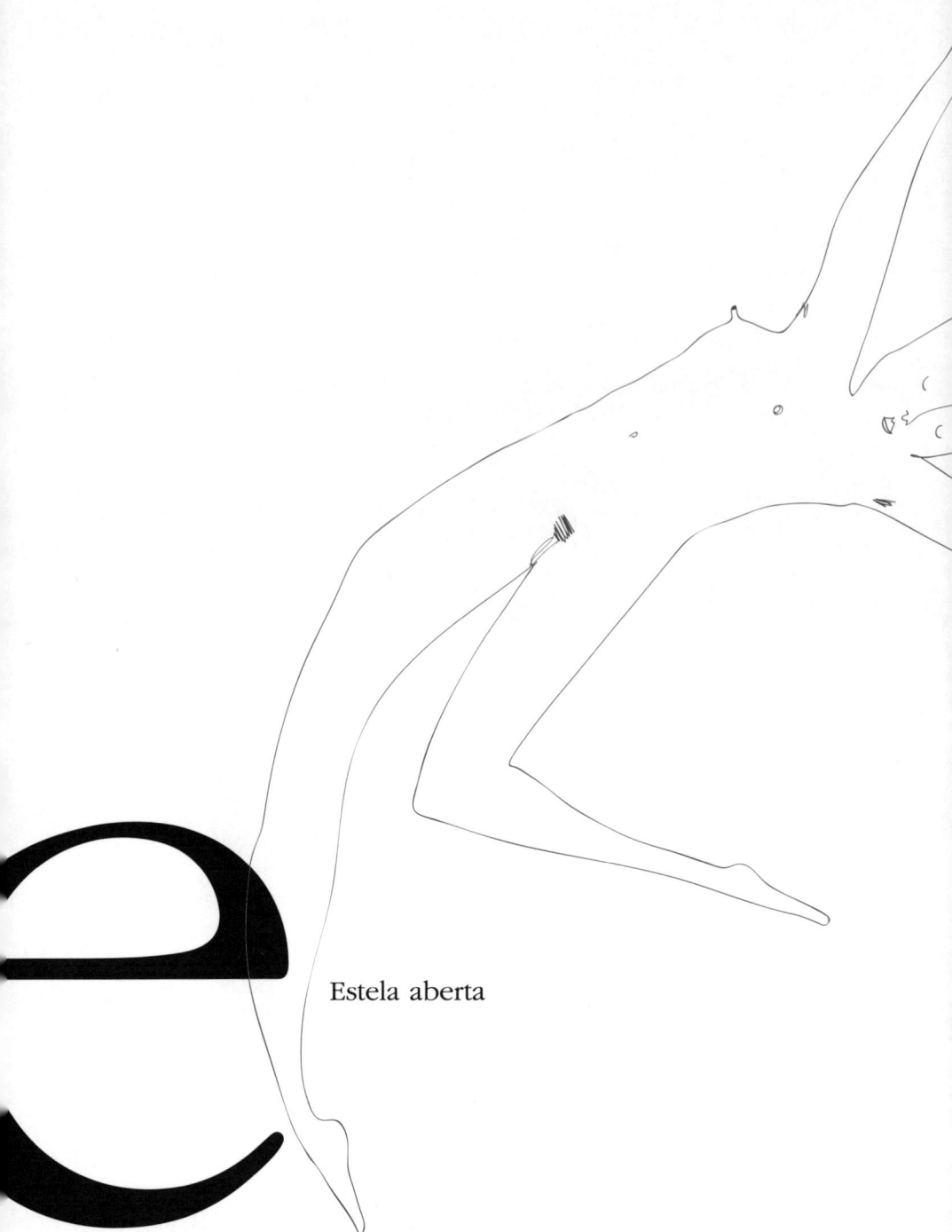

Estela aberta

Fato é que todas as mulheres são abertas. Abertas ao outro, não lacradas, disse ele, com aquela postura franca e burra de quem raramente admite espaço para dúvidas em seu pensamento apressado e empobrecido pela quase total incapacidade de diálogo. Não sou prática o suficiente para chegar a resultados rápidos e definitivos só para fugir da discórdia, prefiro buscar consenso entre as partes, o que demanda tempo e disposição. A guerra eterna a opiniões que não sejam as suas faz parte do "universo masculino", onde a teimosia reina absoluta e faz enxergar metas claras no nevoeiro. Sabemos que o macho-alfa gosta de viver perigosamente, se arrisca sem medo não apenas por causas nobres e, às vezes, é duro de engolir. Engasgamos com sapos que não passam pela garganta. Observe que são sempre sapos, nunca rãs.

Perninhas de rã, ao contrário, são apreciadas como iguarias nos melhores restaurantes e saem-se bem tanto em receitas tradicionais quanto nas radicais experimentações da cozinha contemporânea. O problema é que nem todo mundo gosta e muitos ficam reticentes em experimentar. Encher linguiça, vamos e venhamos, também é um problema recorrente no "universo feminino", assim como a dispersão e a acomodação. Deixemos para lá e voltemos, então, à questão central.

Com a língua enfiada em sua orelha, argumentei que os homens são apenas um pouco mais fechados. Nos alimentamos e defecamos por buracos semelhantes. Conforme a proximidade da lente, a boca e o cu até se parecem.

Melhor não confundir. Homem é homem, mulher é mulher, rebateu o bonitão lacrado, simplificando tudo mais uma vez, envergonhado pelos próprios buracos e pelo pensamento inusitado que vinculava o comer ao cagar. Não há nenhuma novidade nisso, mas poucos fazem esta ligação quando dizem que comeram uma mulher. Fico sempre me perguntando se conseguiram digerir e evacuar o que não foi aproveitado de tal "alimento" tão pouco mastigado. Não seria mais adequado dizer que são as mulheres que comem, quando estão famintas por sexo? Algumas vivem de dieta, outras nem tanto.

Procurando sua boca ótima de beijar, mas da qual saíam declarações de merda, citei a filosofia dos gregos antigos que descrevia um ser primordial, feminino e masculino que se rompeu em algum ponto da estrada. O hermafrodita seria uma vaga lembrança deste estado ideal.

Qual seria o ponto de maior equilíbrio na escala atual entre a total homossexualidade e a total heterossexualidade? Sem dúvida, há gente que parece assexuada e feliz, assim como há bissexuais infelizes. Ele ficou mudo e perplexo com aquela conversa fiada. Justo ele que pretendia ser mais aberto, mais feminino, e que por isso me agradava...

Mordisquei seus lábios e ofereci um pedaço de chocolate. Recusou.

Difícil explicar porque gostamos tanto de um pequeno pedaço derretendo no céu da boca. Talvez seja a sensação de conforto, como se nada de mal pudesse nos acontecer naquele momento, como se a sonhada segurança se estabelecesse em um passe de mágica. O prazer imediato da droga que te envolve, encanta, te põe para dormir em paz, convicta de que morte e vida são apenas sonhados.

Às vezes penso que a vida vem da morte e entendo o culto aos antepassados de várias culturas tradicionais que agradecem as gerações anteriores pela sua existência. Ele diz que eu levo tudo muito a sério. Faz parte do feminino, rebato, iniciando o processo de histeria que vai tomar conta de mim caso ele não reaja às minhas carícias. Como é possível que a solução para os meus problemas esteja no corpo do outro?

Tenho que adquirir um vibrador ainda nesta semana. A tecnologia pode me deixar mais calma, pois o caralho dele não fica pendurado e disponível no armário do quarto sempre que preciso.

Para aumentar o grau do feminino é necessário castrar o masculino e vice-versa? As mulheres entraram no mercado de trabalho, tornaram-se mais competitivas e também mais angustiadas. Não deixaram de se preocupar com o lar, continuam somando responsabilidades e reinventando relacionamentos. Fomos perdendo a vergonha com o passar do tempo, amparadas no avanço do feminismo. Agora queremos reavaliar processos sem desperdiçar conquistas. O que importa é ser feliz, por mais piegas que isso possa parecer. De repente, ele me enche de perguntas complexas. Eu sei que a revisão é urgente, mas quero adiar esta conversa e trepar. Agora.

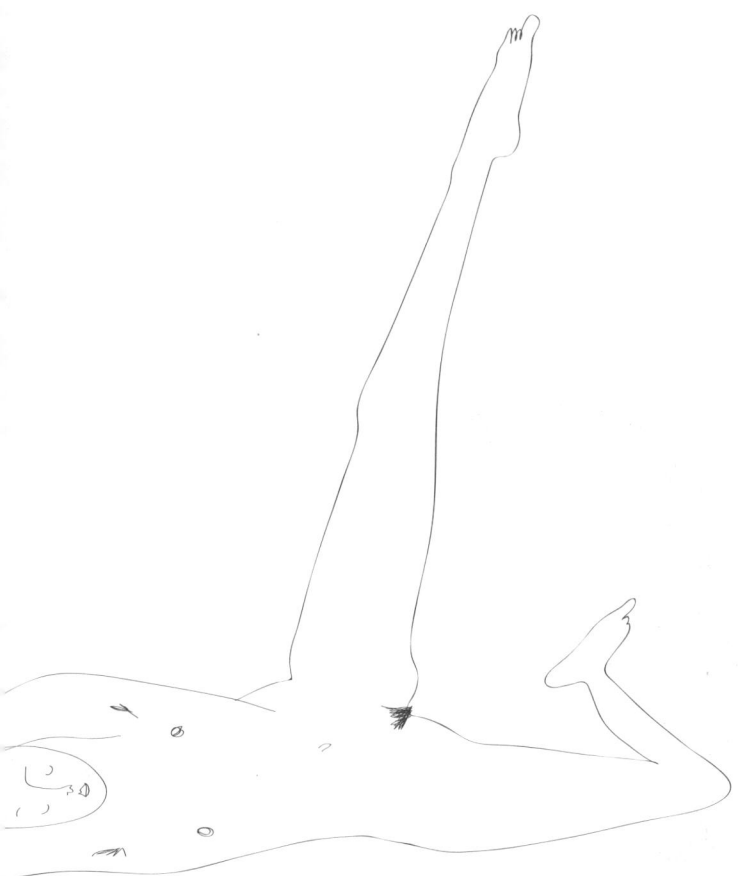

Fabiana no cineclube

Ele chegou anestesiado pelo trânsito das sextas-feiras e quase desistiu de me acompanhar na imperdível e clássica sessão das dez dos cinéfilos de plantão. A crítica falava em vida devassa, fome canina, libertinagem e romances clandestinos. Inquieta, eu não pretendia ceder à tentação de dormir cedo e queria injetar veneno nas veias daquele homem engolido pela vida urbana atribulada.

Éramos espíritos coesos e afinados, que precisavam voltar a sintonizar a mesma frequência modulada. Apelei naquele tom de voz de gata mansa, no cio:

– Eu dirijo, sem problema. Basta entrar no carro, a cinemateca é perto e, além de entediada, estou curiosa demais.

A sala estava praticamente vazia, com aquele mesmo papel de parede desbotado. Procuramos dois lugares centrais e uma vez acomodados, percebi que ele estava realmente bêbado de sono e não resistiria acordado nem até o final dos trailers. Contanto que não roncasse, eu não me importaria em recontar o enredo do cult movie durante nossa volta para casa, à minha maneira hiperbólica, como ele gostava de dizer. Isto já havia acontecido antes e, seguramente, esta não seria a última vez.

O roteiro era bastante intrincado e confuso, mas as imagens eram tão provocantes, que perpassavam minha mente e falavam diretamente aos meus sentidos. Pequenos arrepios brotaram incontroláveis da boca do meu estômago, logo nos minutos iniciais da projeção, e desencadearam reações da mais pura insensatez. Havia um casal jovem se beijando apaixonadamente algumas fileiras à frente, meus olhos já haviam se acostumado à penumbra.

Os primeiros amantes deveriam ser profissionais responsáveis por desvirginar e orientar meninas em série, sem qualquer envolvimento amoroso, preparando-as para o ato sexual temperado e aditivado por sentimentos mais nobres e idealizados. Eu sabia que o potencial dos corpos raramente se evidencia nas primeiras experiências femininas. Temos medo, ficamos paralisadas, desajeitadas e inseguras, preocupadas com a posição das pernas, dos braços, com o romper do hímen, com os comentários posteriores, somos praticamente induzidas ao coito pelo grupo de amigas semi-inexperientes que cuidam das carteirinhas das sócias do clube das apaixonadas, porém frustradas. Para rasgar esta identificação, é preciso crescer, falar, exercitar, despertar o inconsciente, conquistar o prazer. O primeiro amor é importante, mas geralmente é desperdiçado por corpos atrapalhados.

O homem rendido ao meu lado, totalmente indefeso, entregou pacificamente sua mão quando a procurei para chupar de leve a ponta dos seus dedos, recostou sua cabeça no meu ombro e resmungou algo incompreensível. Estaria fingindo? Resolvi aprofundar meu ataque e busquei meu alvo dentro da sua calça de moleton larga e macia. Era incrível, sua pica estava bem desperta, mesmo cambaleando e entorpecido pelo sono. Estaria sonhando?

Meninos deviam se iniciar precocemente com jovens senhoras cientes do prazer sexual que acompanha a maturidade, resultante do impacto que a experiência e o amor exerceram sobre elas. A única vantagem que uma mulher madura tem perante uma jovem é sua experiência.

Assumi o papel da protagonista, cortesã difamada, voluptuosa e desbocada, que comandava serena um clube secreto provinciano. Não importava estar em um espaço público, me excitava a ideia de manipulá-lo e me atrevi até a verificar em grande angular o estado da glande já inchada e prestes a jorrar aquele leite viscoso que, sem dúvida, deixaria marcas naquela cadeira de veludo vermelho. Interrompi meus movimentos.

Ele gemeu, vítima de maus tratos. Aquela arma, vara gigante em minhas mãos, precisava ser desarmada. Retomei os movimentos ritmados e concluí a missão de gueixa, entre bambuzais iluminados e fotografados com maestria. Afoguei meu companheiro em seu próprio gozo. Ele finalmente abriu os olhos e sorriu aliviado, cúmplice da minha pequena trama.

Serviços de saúde mental poderiam passar a contemplar como importante parte do tratamento a obrigatoriedade de se manter relações sexuais com "terapeutas do sexo", hoje marginalizadas. Certamente as taxas de crimes passionais e estupros cairiam vertiginosamente.

Utopia para o país do clima tropical, do biquíni minúsculo, do carnaval, do samba, do forró, do rala-coxa, que parece estar anos luz à frente de outros em termos de prazeres carnais e continua a encobrir insuspeitas insatisfações?

Histórias do Japão tradicional, onde anciãos preparavam-se para morrer deitando-se ao lado de jovens, repassando sua vida de prazer no corpo que logo devem abandonar me parecem mais eróticas e verdadeiras.

Levei-o para casa conforme prometido e masturbei-me sem culpa, ainda envolta pela atmosfera sensual da sétima arte. O nome do filme? Quem se importa!

Gabriela e as artes modernas

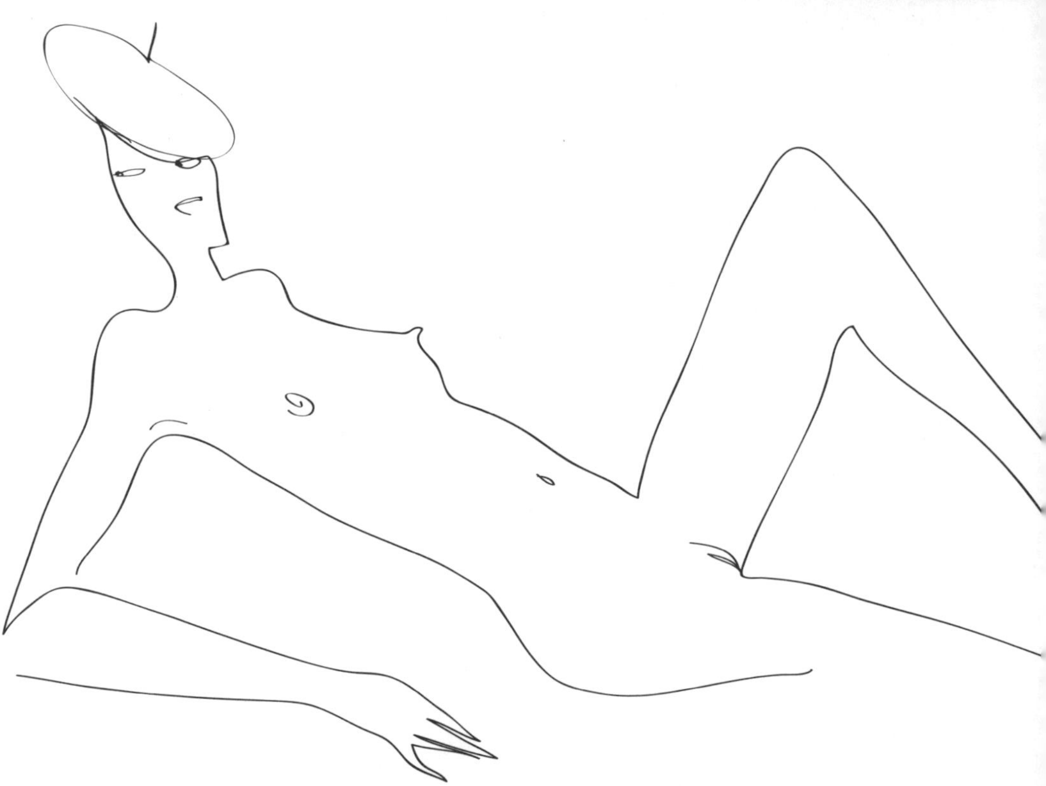

Os peões de obra, que finalizavam as instalações e adaptações elétricas feitas para a montagem da exposição no térreo, foram os primeiros que a viram entrar pela porta de vidro, com aquela minissaia de cintura baixa, sandália rasteirinha e camisa branca transparente sobre um top de ginástica colado ao seu corpo sarado. Assobiaram baixinho, de sacanagem, só para ver a reação da garota que pedia informações ao segurança. Ela não se queixou, sabia que provocava os homens, era muito paquerada desde pequena e não se irritava facilmente com o sexo masculino, como várias de suas colegas que se incomodavam e diziam se sentir objetos. Não achava que demonstrações desse tipo de interesse fossem depreciativas, chegava a divertir-se com aqueles usos peculiares da linguagem. Era como causar alvoroço nas feiras livres em que insistiam mil vezes para experimentar a banana docinha, descascar o abacaxi, chupar o sorvetão, coisa e tal. Comentaram sussurrando que, vestida daquele jeito, ela devia estar na zona, que era difícil para o nervão aguentar quieto, que seria fácil catá-la a qualquer momento. Dada e rodada, devia gostar de comer um salame gostoso e que, pelo visto, andava precisada. Um deles chegou a tomar choque, desatento aos fios que manipulava. Já a tinham chamado entre si de gata, pantera, piranha, vaca, galinha e, antes que todo o zoológico fosse citado, calaram-se boquiabertos. Iriam acompanhar quietos a subida da ninfeta pela escada caracol até o mezanino, onde ficava o bar em que ela deveria fazer uma breve entrevista com os rapazes da organização. Ali a esperavam dois jovens lindos: um recém-saído da Escola de Belas Artes, candidato à curadoria permanente do espaço, o outro cursava cinema e era proprietário do imóvel onde funcionaria a galeria. Apreciadores das estéticas de vanguarda, eles compartilhavam a certeza de que o erotismo era essencial ao ser humano. Ela não pôde deixar de ouvir a conversa.

– A reunião foi ótima. Bastou dizer ao executivo que a estação de caça estava aberta na primavera. De cara ele concordou que a sensualidade está no ar nesta época do ano e que seria perfeito vincular a imagem do produto à exposição que planejamos. Ele era um típico hedonista enrustido, daqueles que seguem com avidez as pernas descobertas das mulheres pelas ruas e não hesitam em virar a cabeça para analisar o material por trás, acompanhando o movimento das saias que poderiam servir de babador.

– Do tipo que dá aquela coçadinha no saco e ajeita a cueca sem disfarçar, não é? Genial. Proponho um brinde à bendita indústria farmacêutica que topou ser patrocinadora da nossa mostra e que criou as tais pílulas anticoncepcionais, para disfunção erétil, para o dia seguinte, para ressaca, para tosse, para unha e pelo encravados, para sei lá mais o quê. Suas frases chavões venderam facilmente o projeto e viabilizaram a sua execução, mas eu continuo achando que tem algum golpe aí. Foi tudo muito simples, acho que ele gostou de você. É paranoia da minha parte?

– Não tem golpe nenhum, é a magia do sexo, melhor antidepressivo que existe. Sem ele, puro tédio. E a produção dos catálogos?

– Os adoradores de Baco vão financiar. Além da contribuição com a gráfica, mandaram caixas de vinho para a vernissage. O DJ também confirmou presença na faixa.

– Ótimo! Quer dizer que tudo ainda se resume a sexo, às vezes virtual, às drogas, às vezes lícitas e ao rock'n'roll, agora mixado e remixado.

Ela se apresentou e sorriu sem exageros. A intenção da jovem jornalista era traçar a trajetória e o perfil da dupla para a revista em que estagiava. Pediu para gravar a conversa, ficariam mais à vontade.

A nova galeria de arte moderna aberta há três meses escandalizou o establishment com sua exposição de símbolos fálicos de várias culturas, escolhidos criteriosamente para chocar, levantar polêmica e colocar o sexo em discussão na sala de visitas das classes privilegiadas.

Na metrópole típica de terceiro mundo, sucesso quase sempre tem a ver com o círculo de relacionamentos que se expande em rede de influências e formação de opinião. As vendas de todas as peças foram efetuadas com sucesso e rapidez. Uma proeza em termos de retorno institucional. Recorde de público para um evento de pequeno porte e quase sem infraestrutura. Traduzindo: todos aqueles caralhos foram disputados por novos ricos entre tapas e beijos. Os melhores assessores do mercado foram seduzidos pelas ideias dos dois jovens visionários cheios de energia e permutaram seus serviços em troca de um pouco de diversão num mundo tão desprovido dela. Gente já estabelecida há anos naquele nicho estranhou a façanha, mas era fato. A mercantilização da arte era assunto para intelectuais e agora estava em curso a segunda iniciativa da dupla empreendedora: a retrospectiva do fotógrafo europeu consagrado por suas imagens de buracos: do corpo humano, do solo, ou de qualquer brecha que justificasse a atenção do olhar. Conforme o artista, todos podemos ser invadidos pela luz em nossas cavidades mais profundas. Sua câmera abria bocas e cavernas sem escrúpulos, ampliava narinas e fendas nas paredes, penetrava orelhas e bocas de vulcões, vaginas e cânions, ânus e túneis nas montanhas, uretras e grutas, umbigos e poços artesianos, poros e solos desérticos.

Os garotos tinham certeza de que olhar para aqueles painéis enormes era como um disque excitação delivery para o cérebro que programava os cacetes em poucos minutos. Investir em arte dá prazer. Sem garantias, só incentivos. A segurança do investimento era acreditar que fariam diferença naquele mercado sisudo. Pretendiam correr o risco por bastante tempo.

Um deles foi chamado ao telefone, pediu desculpas, precisaria se ausentar para cuidar das últimas pendências.

Como levantar alguma informação extra, obter quem sabe um furo de reportagem já que estava cercada de buracos por todos os lados? Impossível deixar de notar que aquele belo homem sentado à sua frente não reagia à sua infalível cruzada de pernas. Havia um livro de Hilda Hilst sobre a mesa do bar, ela perguntou se ele tinha interesse pelo estilo da autora que buscou formas de dizer o raramente dito sob a ótica feminina.

Ele devia ser exigente, disse que lia sem pressa de virar as páginas, disposto a entender. Atenção: estava entrando em um terreno perigoso, poderia beber em serviço?

Os machistas diziam que coquetel era coisa de veado. Ele tomava um dos clássicos: Bloody Mary, com vodka, suco de tomate, limão, sal e molho inglês. Ele teria ideia de que aquele drinque fazia referência à Maria I, rainha da Inglaterra e Irlanda no século XVI, a quem valeu o cognome de sanguinária por mandar perseguir e executar cerca de 300 alegados hereges? Ela disse a ele que Maria I era lembrada pela sua tentativa de restabelecer o catolicismo como religião oficial no Reino Unido, depois do movimento protestante ter sido abraçado principalmente por interesses particulares do seu pai que queria casar-se com outra mulher e não obtinha a permissão papal. Incrível, a velha história em que o interesse do indivíduo entra em conflito com o da sociedade, argumentou ele.

Ela poderia acompanhá-lo pedindo um Negroni ou, quem sabe, um Kir Royal.

Aceitou o Negroni que não era rei, mas um conde italiano, que gostava de beber a mistura simples de bitter com vermute. A lenda diz que, certo dia, um tanto deprimido, talvez por um amor mal resolvido ou pela tristeza do clima, o nobre pediu ao barman que acrescentasse gim para levantar a moral.

Já conversavam intimamente quando o outro retornou com evidente ciúme pela aproximação repentina daquela fêmea que aliciaria, se quisesse, todo um time de futebol. Geralmente os primeiros encontros são melhoráveis, mas aquele parecia ser espetacular à primeira vista. A conversa agora girava em torno de X brigar com Y e resultar em testículos ou ovários, pênis ou clitóris... já tinha ultrapassado os limites da sua compreensão sobre o que era adequado declarar para a mídia.

– Não se preocupe, ela tem a mente muito aberta. Conhece até a história de vários coquetéis e desligou o gravador assim que você saiu.

– Sério? Um brinde a nossa especialista, então. Quem sabe ela não pode se juntar à nossa dupla? Como grande parte do aprendizado se dá por imitação, nosso exemplo pode iluminar o caminho das próximas gerações, livre de culpa e cheio de prazer, você não acha?

Aquele homem tão elegante, interessante, culto, charmoso, sensível e por quem ela trocaria 20 peões, levantou-se determinado e beijou seu parceiro na boca, forte, potente, calando-o com o seu ardor.

Claro, que idiota, eles eram um casal! Crateras expostas, seu charme não funcionaria com eles, homossexuais convictos e felizes. Só restava brindar à futura menopausa, quando, um dia, os ovários decretariam falência absoluta e ela talvez não mais se importasse ou surpreendesse tanto assim com um momento como esse.

h

Helena e os celulares

Ele dirigia um conversível vermelho com capota aberta, fazia calor.

O playboy não relutou em jogar um celular para dentro do carro popular da mocinha que, irritada ou lisonjeada, com certeza um pouco assustada, sorriu ao perceber a manobra daquele maluco que acelerou e sumiu fazendo sinal que ligaria para ela mais tarde.

Só porque este sujeito tem um carrão, acha que posso ser sua marionete. Dá vontade de vomitar na cara dele, de mijar na sua roupa engomadinha, de chutar o balde cheio de palavrões medonhos que ele nem deve conhecer. Filhinho de papai bem nascido que nunca deve ter trabalhado na vida e que sai pescando sereias em vias públicas para o seu jantar que será servido por criados que falam mal dele assim que ele vira as costas. Pois bem, melhor dizer logo que o acompanhamento do prato principal será purê de batatas com molho de menstruação. Não se costuma mais pedir o número de telefone, agora se jogam celulares por aí? Aposto que é mais um casado insatisfeito que sai caçando alucinado para se divertir com presas fáceis. Deve estar cheio de meninas deslumbradas que topam qualquer programa para desfilarem naquela máquina. Eu não, nem pensar. Pode esperar sentado, infeliz. Vou jogar este celular no lixo e se ele está pensando que vou atender, está muito enganado. Sinto repulsa, seus abraços devem ser imundos, seus beijos babados. Sonho cravar as unhas na face de um tipo como este deixando várias cicatrizes memoráveis. Que revolta, e se ele for estrangeiro?

Só pode ser um gringo sem noção do perigo que corre em andar por aqui assim desprotegido, sem precaução nenhuma, com tamanha violência e sequestros. Preciso avisá-lo quando ligar que é muito arriscado andar assim. Como explicar se não sei falar inglês direito? Devo estacionar ou dá tempo de voltar para casa? Se ele me convidar para sair hoje, tenho algo adequado para vestir? Ele deve frequentar lugares da moda, não posso passar vergonha. Poderia pedir algo emprestado para alguma amiga. Ah, não... eu teria que responder a um imenso questionário. Melhor me virar com o que tenho no armário. Ninguém está preparado para ganhar na loteria assim de repente, ainda mais sem fazer nenhuma aposta. Não reparei na chapa do carro, mas parece que era de outra cor, pode ser de alguma embaixada. Sem dúvida era um sujeito poderoso, simplesmente passou e jogou o aparelho para dentro do meu carro. Está apressado porque sua agenda deve ser uma loucura, ainda mais se for partir logo em viagem internacional. Será que tenho chance de conquistá-lo assim tão rápido e partir com ele para outro continente, aprender outra língua, ver neve, morar em uma daquelas casas de telhados altos? Ele não é de se jogar fora, até que era bonito, meio grisalho, deve ser daqueles ricos solitários, incompreendidos, um pouco irresponsáveis, cheios de iniciativa, uma oportunidade e tanto. Gostei.

 Estou devaneando, vai ver que é uma destas pegadinhas que se assiste nos programas humorísticos da TV. Pequenas cenas são preparadas a fim de observar o comportamento de pessoas distraídas que acabam sempre fazendo papel de idiotas quando caem na conversa de aspirantes a celebridades, monstrengos contratados que ficam dando tchauzinhos no final da brincadeira para câmeras camufladas e indiscretas que gravaram os trouxas comediantes. Será que ele vai gravar toda a conversa, será que vai parar tudo na internet? Este incômodo, esta náusea, isso é sinal de que nada está sob controle.

 Ele deve ser bandido, cabeça do tráfico de drogas, com aquele carrão em alta velocidade, desprezando os radares, destemido, já deve estar tudo dominado, comprado, polícia, delegado, prefeito, deve ter jogado vários outros celulares em vários outros carros de mulheres e deve estar querendo ampliar sua rede de contatos, contratando o sexo frágil para despistar. Que tal começar a pensar em viver de pedidos de entorpecentes? Dá para enriquecer rapidinho, ficar estilosa como ele. Gigolô alinhado, novos tempos, novos business, cruz-credo, deve ser o diabo me tentando.

Vai ligar ou não? Está demorando... deve ser um gay gozador. Que besteira, este telefone deve ser de brinquedo, ninguém jogaria dinheiro pelo ralo... É de verdade, não está no modo silencioso, está carregado, será que ele já ligou e eu não notei? Impossível...

– Alô? Não, não estou mais dirigindo.

– Demorei para ligar porque tomei um banho e fiquei bem à vontade para falar com você. O celular tem carga para uma hora e podemos fazer a farra que quisermos neste tempo. Depois, esquece, não ligarei novamente e você pode descartar o aparelho, se quiser. Ele não se autodestruirá, mas não adianta esperar por futuras ligações minhas, ok?

– Não acredito no que estou ouvindo. Você é louco e metido de nascença? Por que jogou o telefone dentro do meu carro?

– Porque me excita muito fazer isso. Foi o jeito que encontrei de ter companhia durante algumas noites solitárias. Você não gostou?

– Então é tarado e tem medo de encontrar alguém que quebre sua cara, malandro sem vergonha. Vou fazer uma pergunta e, dependendo da resposta, desligo e não atendo mais. Por que me escolheu?

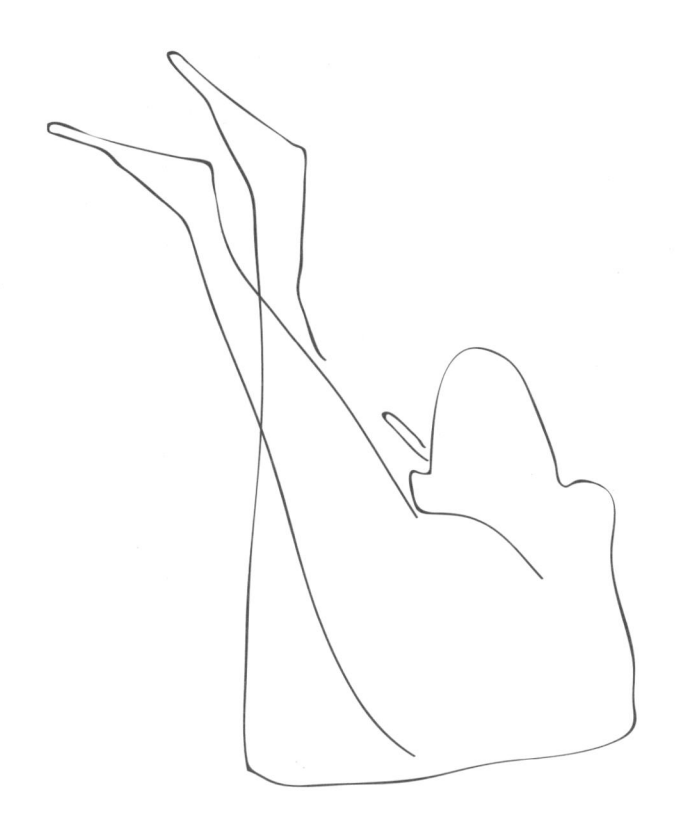

— Porque a janela do seu carro estava aberta, uma raridade hoje em dia, todos andam com ela fechada.

— Só por isso?

— Porque adoro brincar, sofro de um tédio mortal, quero ter e te dar prazer. Não quero perder tempo com muitas explicações, não te conheço, nunca te vi de perto e me atrai saber que minha identidade está bloqueada e que você não terá acesso ao meu número após esta chamada.

— Pensei mil coisas a seu respeito, menos que fosse um cachorro vadio querendo sacanagem ao telefone. Por que não liga para os serviços profissionais?

— Porque gosto da surpresa, do desafio de seduzir uma desconhecida à distância. Aliás, adorei isso de cachorro vadio, aquele que vive solto comendo as cadelinhas no cio que fogem para a praça e não desgrudam dele até se acalmarem. Você acredita nas telecomunicações, seria capaz de ter prazer com alguém ao telefone?

— Nunca pensei nisso, prefiro companhia ao vivo e em cores, gosto da presença do outro e não me adapto bem a todas as tecnologias. O contato entre os seres humanos é único e devia ser privilegiado, não acha?

— A Chapeuzinho Vermelho pegou a estrada que a mamãe desaconselhou e foi engolida pelo lobo, lembra?

— Você não deve passar de um cãozinho domesticado, do tipo que paga por sexo seguro com webcam, que fica na sala de espera dos chats de encontros e que é incapaz de abordar uma mulher para um encontro.

— Que bom que já está mais relaxada. Você adoraria que eu te abordasse, não é? E depois de me humilhar e controlar, gostaria que a protegesse, desejasse, enfiasse, motivasse, estimulasse, consolasse e coisa e tal. Aposto que já sentou e tirou os sapatos.

— Aposta o quê, aquele carrão?

— Gostou do meu carro? É de alta tecnologia.

— É lindo, mas desconfio que compensa o fato de você ter um pintinho bem pequeno, de ejacular precocemente e de ter que impressionar com motor e design arrojados a mulher que você adoraria comer de verdade. Como não consegue, foge do tratamento e inventa estas artimanhas.

– Já está pensando no meu pau, não é? Viu como é simples? Eu estou pelado, esperando que você diga algo agradável e você vai logo magoando com essa história de pinto pequeno. Parece que quer discutir a relação, não temos relação nenhuma para discutir. Você está nua?

– Estou vestida, chocada e menstruada.

– Adoro mulheres menstruadas: são dramáticas, sanguinárias, sempre dispostas a fornecer provas de amor. Por que você não verifica o absorvente, será que não está vazando? Fala para mim, você está no banheiro?

– Não interessa o que estou fazendo. Para falar a verdade, disponho de uma hora para fazer a boa ação do dia e este é um bom teste para quem se interessa por psicologia. Fiquei com pena de você, perdido, sem saber o que fazer para agradar as fêmeas que te assustam. Não pensa em correr para o colo da mamãezinha, pedir conselho e aprovação? Ou vai ser malcriado e admitir para ela que olhava pela fechadura da porta quando ouvia os gemidos dela e não sabia o que fazer?

– A analista boazuda topou logo a brincadeira. Deixa minha santa mãezinha idosa de lado, imagino você jovenzinha tirando a sua calcinha bem devagar e cheirando o sangue que saiu das suas entranhas. Estou sentindo o cheiro forte que me deixa tesudo, tenho as mãos lambuzadas e começo a esfregar a gosma que sai de você na ponta do meu caralho que gosta muito de sentir a sua umidade.

– Alô, alô? Estou bem sequinha ainda, não temos uma hora, que tal ir mais devagar? Você não quer acariciar primeiro os meus peitos? Pode até desistir de beijar a boca, mas os meus seios são bem fartos, como aqueles que você conheceu na infância e que cheiravam a leite, lembra? Acho que você foi da geração que não mamou e isso fez muita falta, não há tecnologia que compense. Os mamilos estão durinhos e esperam ser sugados pela sua boca quente. Querem te alimentar, não acanha não, pode mamar à vontade. Está de boca aberta, não está? Chupa a ponta dos seus dedos e pensa nos meus seios grandes, tão grandes que poderiam abrigar o seu pau entre eles. Deixa eu te ouvir chupando, devagar, isso, mais forte, assim está gostoso, assim mesmo que eu gosto. Quer o outro peito? Toma, ele vai ficar com inveja se você não chupá-lo também. Estou ficando toda mole. Você é muito bom nisso, sabia?

– Você acha? O que você gosta, como é que você quer, fala, sou desconhecido mesmo, pode confessar!

– Você está sentado ou deitado?

– Estou sentado, mas posso deitar. O que você quer fazer agora?

– Quero usar um óleo de massagem e começar a te lambuzar devagarzinho desde a ponta dos pés até onde você aguentar.

– Então começa logo, eu aguento firme.

– Estou mexendo na sola dos seus pés, subindo minhas mãos pelo interior das suas coxas e voltando pelo lado de fora sem encostar no objeto do meu desejo. Seu pau tá ficando duro?

– Claro, com estas mãos mágicas e macias que você tem.

– Já que você está gostando, não quer enfiar a sua cabeça entre as minhas pernas e, quem sabe, provar um pouco do meu sangue, me vampirizar?

– Como assim, explica melhor, estou adorando, faço qualquer coisa para te deixar feliz.

– Qualquer coisa, inclusive deixar eu cortar seu pau?

– Nem de brincadeira fale uma coisa destas.

– Assustou? Este é o desejo mais secreto que tenho: cortá-lo e deixá-lo direto como uma rolha em uma garrafa de vinho, me lacrando. Vou ficar de cócoras bem em cima da sua cabeça e te ofereço a minha buceta inteirinha para chupar enquanto massageio o seu ventre, seus braços e finalmente pego no seu caralho que já deve estar do jeito que eu gosto, pronto para ser castrado. Você, com esta língua treinada, começa a sugar de mansinho minha xana e engole o sangue que poderia ter sido um filho seu. Suga bastante que eu gosto e nunca ninguém fez isso comigo assim, quero experimentar com você.

– Já estou sentindo o gosto do seu sangue. Ele é quente, bom, muito bom.

– Então me deixa ouvir você chupar a vida, engolir a vida. Imagina comigo um clímax selvagem, está mamando seu filho, engolindo cada parte dele. Engole tudo o que eu te enfiar goela abaixo.

– Como tudo o que você me der, te como inteira se você quiser.

– Então engole e digere a minha dor, a sua dor, a dor do mundo em orgia virtual.

– Você é doce e amarga ao mesmo tempo, quero entrar em você. Está doendo?

– Dói, mas vou esquecer logo o que estou fazendo! Entra e sente a ferida que ficou aberta, que precisa de curativo, a vida desperdiçada que escorre pelo meio das minhas pernas.

Após a fabulação criativa e alguns segundos ausentes, ela percebeu o perigo que ele corria encarando a depressão após o orgasmo.

– Preciso agradecer. Que bom que você não desligou. Foi rápido e forte, poucos minutos na verdade. Me diz o que você estava fazendo o tempo todo.

– Estava fazendo a janta. As venezianas estão puxadas, o ventilador de teto está ligado e uma dor abominável me cortava. As pessoas estão mais solitárias do que nunca.

– Você topa se encontrar comigo?

– Claro que não, eu poderia amá-lo.

Apesar de ter circulado inúmeras vezes pela mesma avenida, nunca voltou a encontrar o carro vermelho: devia ser alugado, emprestado ou podia estar sendo transportado por aquele personagem a pedido do proprietário. Todo aquele papo devia ser conversa fiada para boi dormir, uma vez que os touros estão sendo cobiçados a preço de ouro nos leilões.

De verdade, somente a morte certa um dia, mais nada.

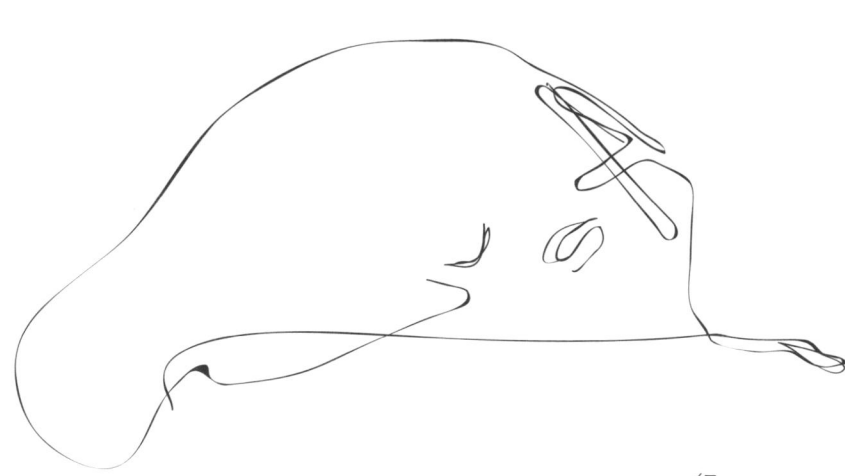

Ivete no boteco

O alemão trabalhava no Rio de Janeiro há meses e estava eufórico com a chance de conhecer o típico boteco pé sujo carioca, no estilo despojado e informal da antiga Lapa, convite feito por seu companheiro do departamento de marketing na empresa. Lá o chopinho rolava solto assim como o sambinha maneiro aos finais de semana ou a qualquer momento em que alguém puxasse uma caixinha de fósforos e começasse a batucar com a ponta dos dedos.

    De bermuda branca, camiseta listrada estilo marinheiro e meia soquete grossa com sandália, ele estava pronto para o que desse e viesse.

    Chegaram cedo. De aquecimento, viraram umas branquinhas do alambique para acompanhar o caldinho de feijão com torresmo, clássico daquelas cozinhas de onde saíam bolinhos de bacalhau crocantes, croquetes de mandioca recheados com camarão, pasteizinhos de carne sequinhos, empadinhas de palmito e esquisitices como moelas a vinagrete e testículos de galo ensopados à moda da casa. Meia dúzia de senhores da velha guarda estavam sentados em cadeiras de palhinha e puxavam aquele samba de raiz, comandando o clima nostálgico da tradição apreciada por aqueles que sabem que a melancolia faz parte de todos os cantos. A batucada incluía um surdo, uma cuíca, um pandeiro, um violão de apoio, um tamborim, um ganzá e um reforço de todos aqueles que usavam as mãos para percutir ou os talheres na beirada dos copos para dar um brilho. O conjunto geral era harmonioso e podia-se sentir a fraternidade no ar.

    Após incontáveis garotinhos, aqueles pequenos copos em que jamais o chopp esquenta, ele viu entrar uma morena fogosa, daquelas que carregam a cadência do samba nas cadeiras e não disfarçou a intenção de se aproximar. Sentiu seus lábios incharem quando perguntou a ela se poderia lhe oferecer uma bebida.

– Aceito um chopinho, mas você também precisa oferecer algo para a minha irmã, disse ela chamando outra morena monumental que estava do lado oposto do salão e que sorriu mostrando dentes muito brancos ao apresentar-se dengosa.

– O prrrazer é meu.

– Seu prazer? Você não é do tipo que fica pensando em receber algo em troca, não é? Estrangeiro às vezes esquece que a escravidão por aqui acabou faz tempo.

– Querro companhia, meu amigo dança e eu não tem samba no pé.

– É só entrar no clima, não esquenta a cabeça, parece difícil, mas não é.

– Clarro que é. Ritmo complicado para sujeito quadrado como eu. Ele não conseguia desviar os olhos da blusa rendada da irmã mais nova, nem tampouco da saia vermelha da mais velha, cuja bunda competia com os seios da outra. O traseiro empinado de uma com as tetas redondas da outra formariam o conjunto de beleza ideal tão sonhado e perseguido por ele desde que ouviu falar em mulata.

– Engraçado dizer quadrado. É doidice te convidar para dançar conosco?

– Quem sabe depois de mais uma caipirrrinha.

– Ótima ideia. Pede três da tradicional: limão, pouco açúcar, gelo e cachaça.

Elas imaginaram que o coração dele fosse leviano e que nunca seria de ninguém e, aceitando o argumento de que a noite era uma criança, resolveram ficar ali por mais tempo que o planejado. Ele já havia se oferecido para levá-las para casa, caso tivessem problemas com ônibus.

– É hora de tentar. Está pronto para desenferrujar as canelas e chacoalhar o esqueleto?

– Não é desacato aos especialistas um alemão como eu arriscar alguns passos com vocês, as mais lindas professorras que se pode imaginar?

– Está com vergonha, arrumando desculpa.

– Talvez ele não goste disso, tadinho! Quer desistir?

– De jeito nenhum, querro me jogar nos brraços das duas.

– Aqui cada um trata de si. Nossa dupla é famosa na redondeza. Não sei se você é capaz de bancar a brincadeira, cacifando este jogo direto na primeira noite. Começamos no samba de roda e devagar, vamos te mostrando o miudinho.

– Miudinho?

– A surpresa fica para mais tarde.

Parte do álcool já havia se metabolizado e, na pureza, ele adentrou a pista com uma de cada lado. Quando elas começaram a rebolar e mexer os quadris, seu cacete se transformou em uma espiga de milho e estava prestes a explodir o zíper da bermuda com aquela pressão. A mais velha notou a força que ele fazia para disfarçar seu estado crítico. Para maltratá-lo mais um pouco, ficou na frente dele, de costas, roçando as nádegas de leve naquelas mãos gigantes que pareciam seguir um ritmo marcial, como num desfile de tropas. A peituda não demorou a ficar por trás e, para completar o serviço que a outra deixava por fazer, encoxava-se nele, esfregando-se toda em suas costas largas. Subiam e desciam grudados, em um braseiro de luxúria.

O amigo quis se juntar ao grupo, mas foi dispensado pelas duas que não quiseram quebrar o encanto daquele homem que gritava iáh, iáh! Quem seria a Iaiá, uma namorada baiana talvez? Elas riram muito quando ele explicou que não tinha nenhuma namorada baiana ou mineira e que queria era casar com as duas cariocas da gema. Sabia agora que eram gêmeas e que talvez, por isso, tão complementares. Não poderia mais viver sem os carinhos de uma e os afetos da outra, queria ser a eterna salsicha daquele sanduíche de pão integral, de grãos escuros, como na sua terra natal. Wunderbar! O maluco que falou em raça pura não tinha ideia das maravilhas que a miscigenação era capaz de criar. Quanto mais bagunça, melhor. Seus óculos fundo de garrafa estavam embaçados, tomou várias outras batidinhas para rebater o calor: de maracujá, de coco, de abacaxi, queria até inventar uma de papaia com manga. Não poderia mais dirigir naquele estado. Justo agora que tinha esquentado o tamborim e ouvia claramente a batucada baticum baticundum, batibati baticun dum dum dum...

Acordou bem tarde na manhã seguinte com o telefone tocando.

O amigo explicou a ele que não era à toa que havia uma antiga marchinha de carnaval que dizia que cachaça não é água, não. Ainda bem que as duas garçonetes eram compreensivas com os gringos que abusavam da malvada. Foi preciso levá-lo embora para casa, praticamente desacordado. Ele tinha insistido em chamá-las para dançar durante horas. Elas precisavam servir as mesas e ele estava sendo inconveniente com aquela história de bunda dá, bunda dá!

Só desistiu quando despencou sobre a mesa do bar.

Sozinho, enjoado, no flat de frente para a praia, saiu para dar uma caminhada na orla de Copacabana, onde uma infinidade de turistas passeava encantada com a cidade maravilhosa em que tudo era possível. Até sonhar.

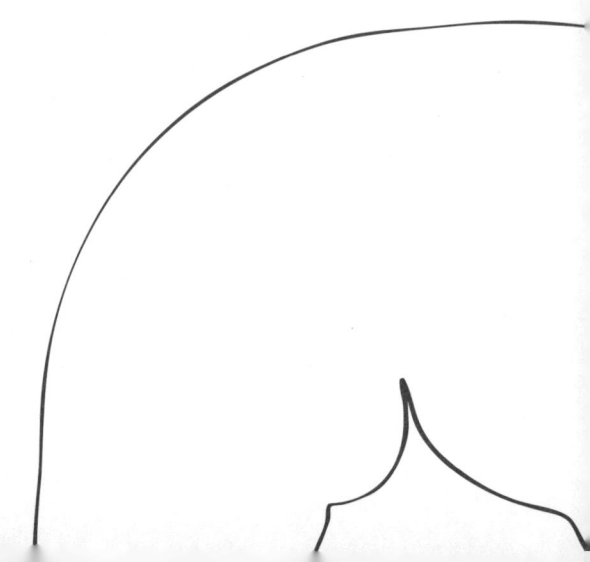

53

Julieta e o banquete

j

Entramos juntos no supermercado dispostos a comprar ingredientes para o almoço de sábado. A intenção era clara: grelhados diversos que abrissem nosso apetite sexual. Escolheríamos secreta e livremente, imaginando sua forma de preparação, tentando surpreender o parceiro e participando sem preconceitos da brincadeira clichê.

Pepinos, abobrinhas, berinjelas, cenouras e bananas me pareceram óbvios demais, optei então por gengibre, alho-poró, aspargos frescos, pimenta dedo-de-moça e linguiças artesanais. Para a sobremesa, achei que bastava uma barra de chocolate amargo.

Ele se encarregou do espumante, do saco de gelo, das ostras, do limão-siciliano, das cebolas, do azeite e do balsâmico, dos tomates, do manjericão fresco, da carne macia e suculenta, do tomilho e do sal grosso, do vinho tinto, dos cogumelos variados, do vinho do porto, do pão, da tábua de queijos variados, dos morangos frescos e dos sachês de café expresso. Entendi imediatamente por que a maioria dos grandes chefs são homens.

Já chegou em casa com tesão, foi desembrulhando as embalagens e me agarrando em meio às sacolas, em frente à pia da cozinha em que eu lavava aspargos, bastões de poró e ralava gengibre.

– Aspargos, porós, humm... grande ideia! Diz pra mim por que você escolheu estes.

– Nem tão finos, nem tão grossos, fibrosos na medida certa, com base firme e cabeça macia, delicada e extremamente sensível.

– Feito o meu caralho?

– Não seja bobo, os aspargos e os porós são muito mais saborosos, ainda mais com um toque thai de gengibre ralado, respondi provocativa, enquanto amarrava os cabelos em um rabo de cavalo alto, perfumava meu pescoço com um pouco do sumo da raiz e o oferecia para degustação daqueles lábios gulosos que mordiscavam minha orelha.

– Se o Oriente te interessa, podemos estudar o Kama Sutra.

– Prefiro que você acenda o fogo e deixe rolar, argumentei, empurrando meu quadril contra o seu corpo que me segurava por trás.

– Ah... linguiças com recheios especiais. Para que a pimenta dedo-de-moça?

– Para dar sorte, comentei, cortando uma delas e fazendo-o cheirar o seu interior, enquanto meus dedos procuravam sua braguilha e abriam o zíper do jeans. O membro saltou e o ameacei com a faca afiada.

– Calma, que fome! Tem muito o que comer, meu jovem! Mostra o que você trouxe, aposto que temos ostras, estou certa? Ele já estava disposto a me rasgar decidido, temperando com o seu suco agridoce a minha buceta e enchendo o ambiente com aquele aroma peculiar de sexo fresco.

– Adivinhou, elas se parecem com vaginas, carregam o gosto do mar e chupá-las inteiras é delicioso, disse ele agachando-se para tirar minha calcinha e prendendo a barra da minha saia no cós da cintura de forma a deixar toda a bunda aparente.

– Dizem que são afrodisíacas, vamos testar?

– Com certeza. Acho que o espumante já gelou, abrimos?

– Com prazer. Observei a destreza com que ele abriu a garrafa sem desperdiçar o perlage e sem perder aquela ereção maravilhosa, que me fascinava. Brindamos a ideia de fantasiar nos olhando diretamente nos olhos. Continuei a investigar suas compras fazendo movimentos provocantes com meu quadril totalmente exposto, desabotoando a blusa e ficando apenas com uma microcamiseta de alcinhas finas que escorregavam displicentes pelo meu ombro. Ele derramou algumas gotas borbulhantes de sua taça em meu pescoço e foi seguindo o fluxo do líquido com suas mãos em direção aos meus seios, já refrescados e perfumados e que esperavam por sua boca para cercá-los de atenção.

– E estes tomates, cebolas, cogumelos e ervas finas?

– Preliminares, as cebolas vão se revelando em camadas, quanto mais profundas, mais doces e tenras. Os cogumelos trazem a força da terra, os tomates guardam a luz do sol, o azeite a lembrança das virgens oliveiras, o manjericão o toque da juventude. Abri o azeite e besuntei minhas mãos que acariciaram o seu membro e o fizeram brilhar como um troféu.

– Meu poeta sacro e profano. E a carne?

– Os corpos se fundindo, se fodendo, se curtindo, maturando... Suas calças cismavam em ficar presas no tênis e não lhe davam a liberdade de movimentos desejada. Ajudei-o a se livrar delas e comparei o tamanho do seu membro ao das linguiças. Ele ficou orgulhoso com o resultado e, com humildade, comparou seu membro à garrafa de espumante. Rimos muito, quando eu fingi desmaiar, caso tivesse que receber um pau tão grande como aquele dentro de mim.

– E os queijos?

– O descanso, o repouso, a cura, o colo, o sono, a fadiga... Vou acender o fogo.

– Vou colocar a mesa. Que tal ficarmos nus para o banquete?

– Perfeito. Refresco o vinho tinto?

– É bom, ele está vivo e deve sentir calor como a gente. A tarde rendeu duas trepadas com pitadas de alta e baixa gastronomia, deixando-nos em pleno êxtase de corpo e alma e com alimento ainda para o domingão que amanheceu nublado, com direito a café na cama, acompanhado de morangos, pão e queijinhos variados.

K
Kátia no acostamento

Difícil encontrar quem não tenha boas lembranças de viagens. Várias delas restam aprisionadas em álbuns de retratos, que insistimos em mostrar sem constrangimento aos amigos, que quase sempre aceitam correr passivamente os olhos por páginas e páginas de cliques nem sempre bem focados e enquadrados. Sem qualquer significado mais profundo, a não ser para os que viveram efetivamente as situações, as fotos migraram para os computadores pessoais e hoje resta certa nostalgia em se revelar o filme, aguardar ansiosamente o resultado, talvez decepcionante, mas com imprevistos sedutores.

Confesso que gostaria de ter documentado nossas expressões naquele dia, naquela hora, naquele desvio de estrada providencial, mas também penso que aquele momento poderia cristalizar-se em um porta-retrato frio ao lado da cama de casal, em que se dorme encaixada de trenzinho (ou seria conchinha), como aquele velho chinelo confortável que se insiste em manter nos pés, apesar do novo estar disponível dentro da caixa no armário.

O carro era alugado, o modelo foi escolhido criteriosamente por ser superior ao que usávamos cotidianamente, e a oportunidade rara de pilotar uma máquina potente fazia parte dos nossos planos formais de evitar atrasos em nossa programação turística pela península ibérica. Cruzávamos um dos vales de oliveiras no sul da Espanha e as janelas do veículo estavam totalmente abertas, permitindo que os aromas daqueles campos semeados há séculos invadissem nossos corpos e nos deixassem desamparados diante da explosão passional que nos causou.

Meus cabelos pareciam estar impregnados de azeite, veio a vontade de transgredir, comecei a pensar que o sexo nascia na cabeça e, meio desligada, divaguei nas excitantes imagens mentais que fiz de outros casais que já teriam circulado naquele carro visitando aqueles castelos mouros e seus haréns, entrelaçando suas pernas em mil e um arabescos, como nas caligrafias que pintavam as paredes e buscavam ascese. Que cultura sensual era aquela que permaneceu por ali mais de oitocentos anos, iniciou a irrigação da área e criou aqueles jardins suspensos? Adoraria beber naquelas fontes do sultão, queria ser a esposa predileta, precisava aprender a dança do ventre, que calor infernal era aquele ao qual se juntava o bafo quente que subia do norte da África. Allah, meu bom Allah! Mas que calor, ooô, ooô!

Puxei minha calcinha de modo que ela ficasse enfiada no rego entre as nádegas e, com a mão espremida na virilha, sugeri que saíssemos da estrada principal e pegássemos o primeiro atalho. Aquela urgência carnal se refletiu em ações rápidas do meu parceiro que, olhando pelo retrovisor, logo pegou o acostamento e mostrou estar disposto àquela atividade proibida, clandestina. Libertei o objeto aprisionado por trás das casas de botões daquele modelo de calça masculina que nos dá trabalho extra e, pensando nisso, retirei meu sutiã que também contava com um tipo de estrutura ferrenha, antiqueda, complicada de se manipular e que descartei no banco de trás, junto com minha blusa e bermuda. Ajudei o caralho a tomar a forma que convém e, com a imaginação solta naqueles amplos espaços, nos embrenhamos em um terreno sujeito às trepidações amortecidas com prazer pela gordura da minha bunda.

A suspensão do tempo do relógio foi imediata, estacionamos sem medo e sem hora, entregues ao calor dos corpos que pediam emprestado a sombra daquelas árvores centenárias para poderem suportar suas temperaturas internas. O odor do esterco seco, certamente cabras defecavam naquela região árida, se juntou ao cheiro de nossas axilas molhadas, oásis em que mergulhamos nossas bocas sedentas e nervosas.

Sem grandes complicações, a mecânica dos corpos se adaptou ao banco reclinado, o garanhão esfregou seu membro nos meus seios volumosos e suados e deixou seu traseiro ventilando enquanto eu procurava com os dedos a entrada de seu ânus. Naquela terra de ninguém, trepamos sem temperança, prensados como tâmaras secas entre a capota e o painel do carro. O macho permitia que a mão da égua investigasse seu rabo e a expansão dos corpos favorecia o acúmulo de energia que veio em bombadas fortes, com o tronco dele sustentado pelos braços acostumados a flexões frequentes que me entubavam retorcida, flexível, ajustada ao seu corpo na medida certa.

Tínhamos garrafas de água no carro. Estavam quentes, mas foi gostoso derramá-las sobre a cabeça. Povos nômades do deserto não admitiriam este pecado. Hoje água é artigo de luxo em grande parte do planeta. Fiquei feliz, forrada com bastante porra. Aquela descarga de secreções me fez deduzir que segurança era uma coisa relativa e que buscá-la sempre era uma ilusão.

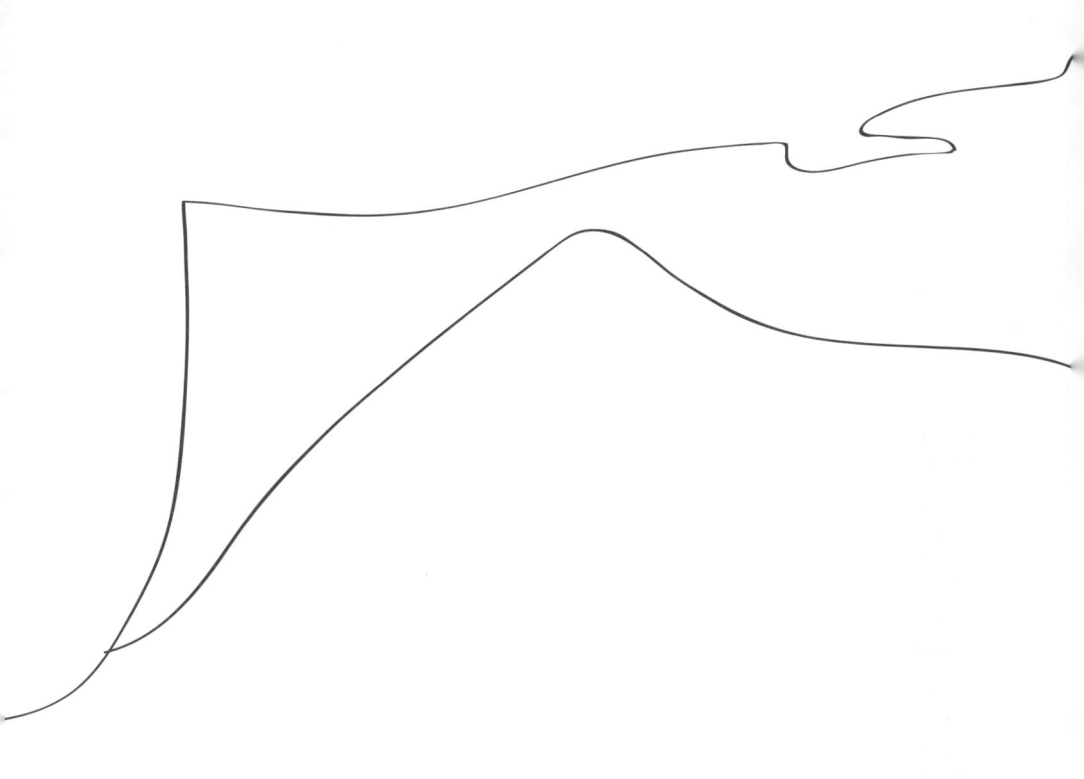

Laura, a bela adormecida

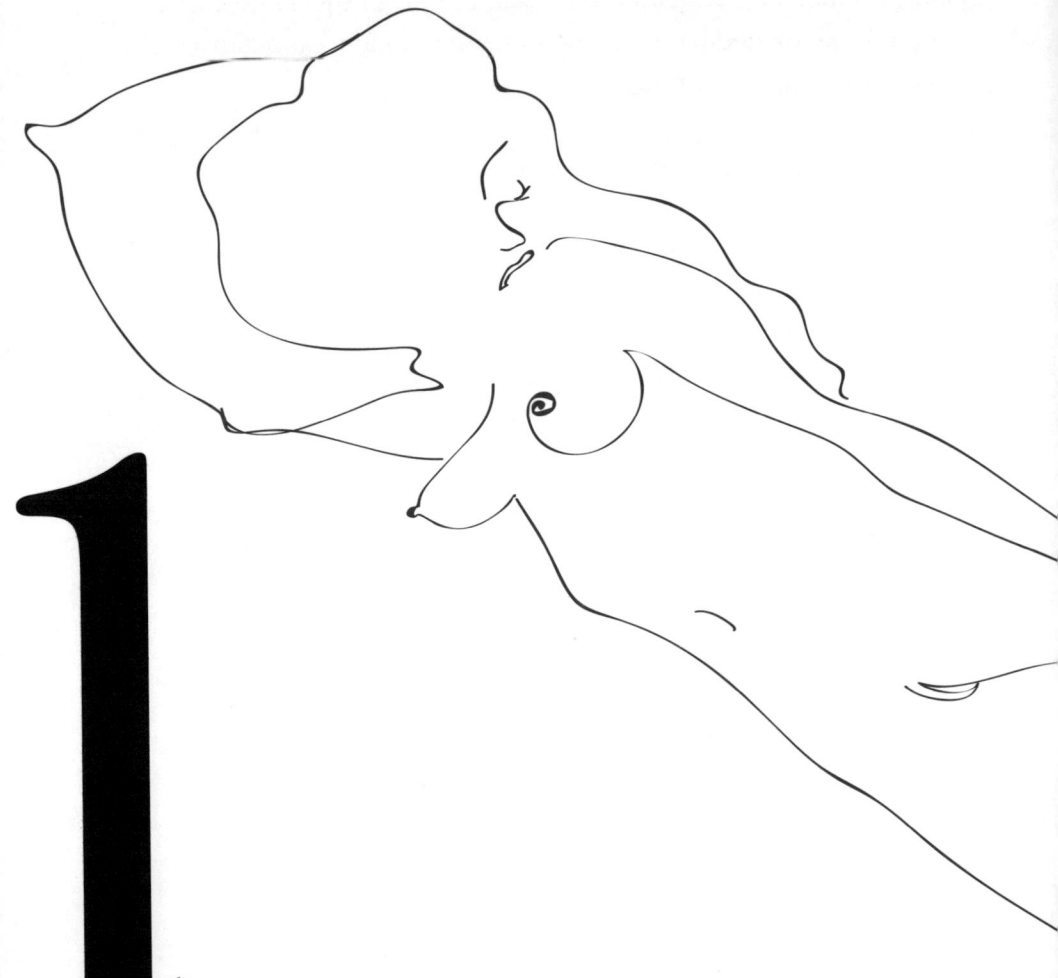

Chegou tarde, fechou a porta da entrada com cuidado e, sem fazer ruído, subiu as escadas com os sapatos na mão, crente que eu havia adormecido há horas. Depois de despir-se no banheiro escuro e ter urinado longamente sem acionar a descarga do vaso, entrou na cama de forma leve, sorrateira, escorregando seu corpo totalmente nu sob as cobertas. Que raiva!

Das duas, uma: ou eu iria sentar sonolenta de manhã cedinho em uma privada ainda respingada ou teria que abaixar a tampa que ele sempre esquecia suspensa, por mais que eu insistisse em lhe explicar que as mulheres não mijam em pé.

Fazia frio, ele foi direto buscar um pouco de calor no contato com meu corpo aquecido e aninhado, como de costume, no canto esquerdo do leito. Não pôde evitar: suas pernas atrevidas, com os pelos eriçados de frio, logo quiseram abrir caminho entre as minhas. Mantive a guarda, mas entrei no jogo e fingi não perceber que sua pica quase furava minha camisola de flanela xadrez. Tamanha discrição e irreverência eram típicas daquele espécime masculino contraditório.

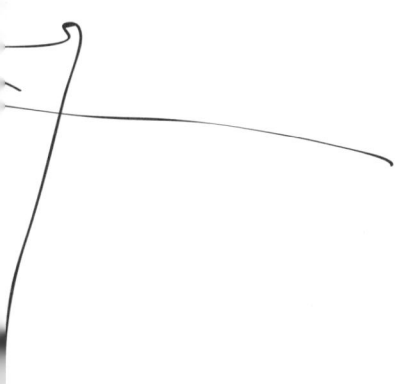

Chegava de mansinho, cheio de dúvidas sobre ser repreendido e, em poucos minutos, parecia um pavão vaidoso desesperado para que a fêmea prestasse atenção nele. Que topete, imagine você!

    Este comportamento seria compreensível em um adolescente, mas o cidadão já era pai e, bem lembrado, nem tinha visto o filhote hoje. De madrugada, com a cara de pau de quem só pensa com a cabeça do caralho, quer agasalhar o coitadinho do croquete, como se eu não pensasse em outra coisa a não ser em tricotar um gorrinho para ele. Dupla jornada de trabalho cansa e dá ruga precoce. Já brinquei, dei sopinha, banho, colo, tudo impecável, vale a ressalva, depois de um dia pesado no escritório e do trânsito infernal de volta para casa. Hora extra está fora de cogitação, nem vem que não tem!

    É inegável que o seu abraço caía bem, mas se quisesse entrar no meu sonho, teria que se esforçar um pouco mais. Eu não era uma meretriz barata e, por mais que respeitasse aquele impulso primordial, não seriam apalpadelas amadoras que iriam me despertar. O reino da rainha do lar ficava distante, o despertador infalível da cria faminta estava marcado impreterivelmente para as seis, horário cruel que exigia muita bravura de minha parte para encarar o choque desta nova realidade. Corresponder à natureza selvagem dele, disponibilizar-se por inteiro, assim de repente, não era fácil. Sua vara rija não se importava com meus delírios maternais nem com meus devaneios românticos e novelescos: estava engatada e disposta a cravar-se em mim sem defeito. Permaneci com os olhos fechados e resisti à vontade de brigar. Suas mãos provocadoras e sua língua incomparável guardavam a memória dos prazeres do jantar entre amigos. Eu não conseguia deixar de sentir ciúme em relação àquelas escapadas com a turma dos garotos que jamais conversava algo importante. Amenidades, sempre amenidades: comentários de futebol, piadinhas sobre política, enquanto eu media a temperatura da febre, montava o inalador, ligava para o pediatra, pedia conselhos sobre procedimentos básicos que afligem e confortam. O cheiro forte de cerveja que exalava do seu corpo me embrulhava um pouco o estômago. Não sou vítima, ele não é o algoz!

    Eu sentia que sua carne possuída gritava por mim. Ele sabia que me convenceria em breve, tinha certeza disso. Preguiçosa, eu evitava qualquer movimento. Ele parecia gostar desta passividade e esmerou-se em carinhos certeiros, sem rodeios. Ondulava suavemente seu corpo contra o meu que já mostrava sinais de ânimo, mas o diálogo interno dentro de mim não cessava e parecia querer puni-lo por não chegar mais cedo, por preferir estar com seus amigos até tarde, por imaginar que, se fosse ele, agiria diferente. Quem sabe na próxima encarnação eu nasça homem e possa experimentar o outro lado?

Já ansiava receber em minhas entranhas o que eu temia olhar e que no fundo invejava, devo admitir. Não usei palavras banais, mantive o silêncio por testemunha e guardei o sabor de seu beijo profundo, feliz.

Sem mais evasivas, aceitei a branca seiva que ele despejou rapidamente como um riacho dentro de mim e que escorreu logo em seguida para o lençol. Ficou molhado e, claro, gelado. Agradecido, trocou de lugar comigo na cama. Seca, pensei que aquela transa não havia sido desperdiçada. Serviu para irrigar o desejo de voltar a me sentir mulher. Quem sabe amanhã cedo o sapo se transforme em príncipe.

m
Marcela e a iniciação

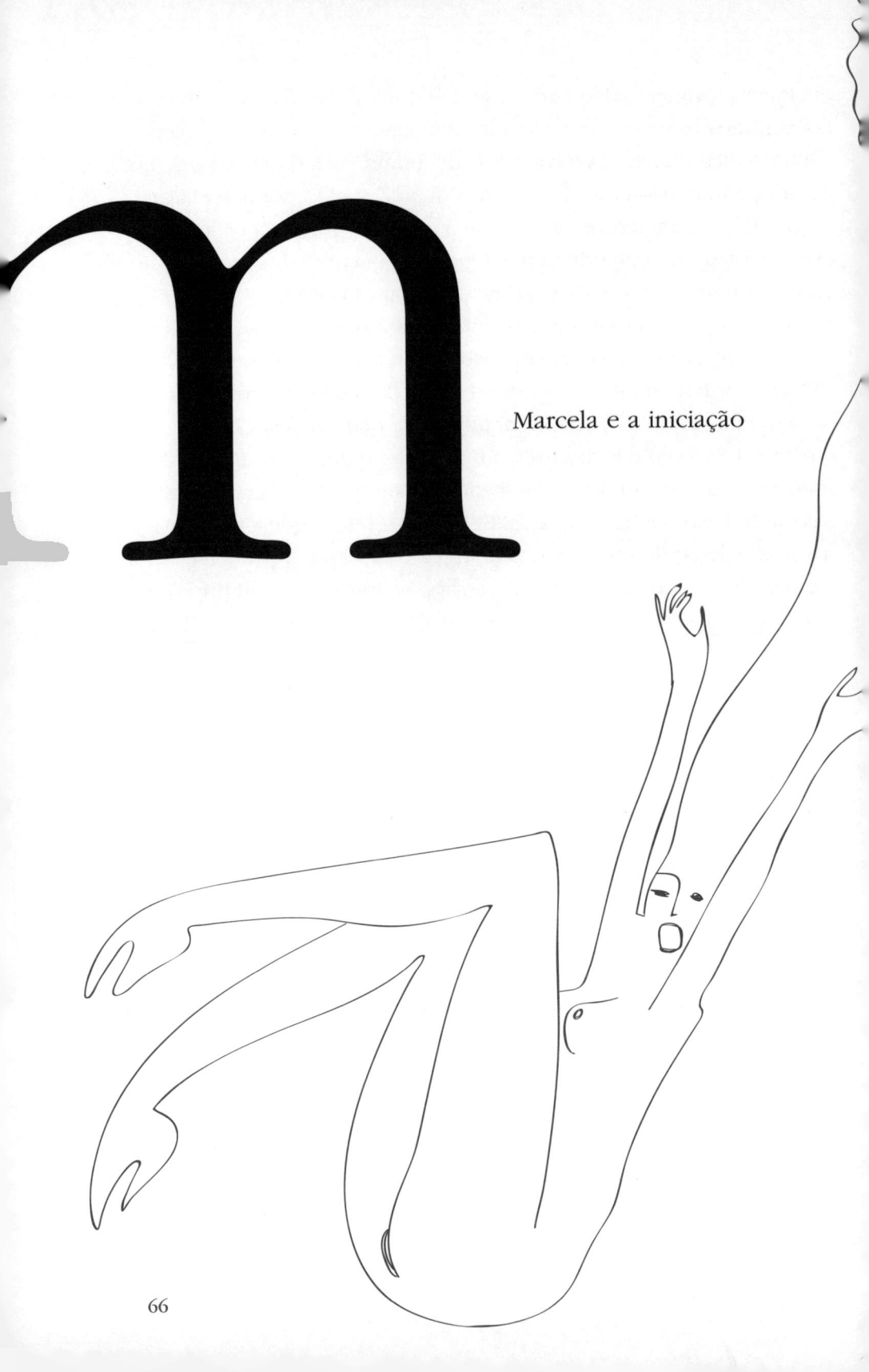

Eu queria uma vida de casada normal, que inclui o sexo e não o descarta nem sublima. Comecei a escalada do erotismo andando pelada durante algumas horas pelo jardim de nossa casa, aceitando minha nudez como algo natural e quebrando o condicionamento de estar sempre vestida a não ser para tomar banho. Por que se proibir de tomar sol por inteiro, se o muro é alto e o vizinho não está em casa? Estava deitada preguiçosa na rede num desses dias, quando, apesar de atenta ao filhote que dormia, pensei em olhar para a minha abertura flexível, cavidade onde a carne do meu homem procurava e encontrava abrigo seguro e pela qual milagrosamente passou nossa cria no parto natural. Incrível, eu já tinha um filho e nunca tinha me visto escancarada, não conhecia o ângulo em que ele me via quando pedia para abrir bem as pernas e escalava o tal monte de Vênus. Eu conhecia muito bem as minhas partes pelo tato, mas não pelo olhar. Tentei me curvar como um caracol, mas não consegui ver grande coisa.

    Peguei um espelho enorme que ficava encostado na parede, coloquei no chão e subi nele para me ver por baixo como quem olha atento sua própria face e procura uma espinha ou puxa um pelo da sobrancelha. Meu rosto já começava a apresentar alguns daqueles indesejados sinais do tempo que eu disfarçava com maquiagem, os seios continuavam firmes e pareciam ter acumulado um pouco de gordura extra após a recente amamentação. A bunda sem dúvida era um ponto forte que eu precisava voltar a ressaltar, uma vez que ela não concorria mais com a barriga imensa do final da gravidez.

Minhas curvas eram pronunciadas, o pai de meu filho costumava se referir ao meu corpo como sendo um violão, devido à cintura fina e aos quadris largos de parideira. Fato estranho, uma vez que ele nunca tocou nenhum instrumento e podia ter escolhido uma expressão à qual estivesse mais habituado, que fosse menos impessoal e gasta do que esta. Ele não se atreveria a me chamar de benzinho, amoreco, chuchuzinho, muito menos de flor, gatinha, tigresa ou pedaço de mau caminho. Havíamos cursado juntos a universidade e, como gente culta parece não gostar de apelidos chinfrins, esta nunca foi uma prática entre nós, críticos que embotam progressivamente a sua criatividade. Confesso hoje que gostaria muito se ele tivesse me batizado na intimidade com um nome secreto, que não pudesse jamais ser revelado ou aplicado a mais ninguém. Adoraria também ter uma música só nossa, por mais brega que fosse.

Fiquei de cócoras. Aquela região tão cantada em verso e prosa tinha um nome ridículo: xoxota. Um o para a vagina, outro o para o cu. O relevo do meu sexo era interessante, lábios longos que pendem mais escuros que a carne rosada que emoldura o clitóris escondido timidamente, pentelhos rebeldes por toda parte, um tecido enrugado e estreito que faz a ligação dos ós.

Para ser sincera, a visão foi um pouco perturbadora, as fotos das vulvas das modelos em revistas masculinas me pareceram melhor desenhadas e mais apetitosas. Ele já merecia crédito da minha parte só por não brochar desde sempre com aquele panorama sem arte-finalização. Aquele estágio seria passageiro, mas parecia uma eternidade.

A gravidez normalmente influi no desejo da mulher, mas enquanto a maioria relata a sua diminuição, há uma parcela que se sente ainda mais atraída pelo parceiro. Desastradamente pedi a ele diversas vezes para coçar a cabecinha do nenê, o que o assustou mais ainda. Quanto a receber tapinhas no traseiro, preciso contar a besteira que fiz quando éramos namorados: afirmei que achava esses modos vulgares e que preferia que ele não me beliscasse as nádegas, principalmente em público. Minhas preferências se cristalizaram: tapinhas só nos ombros, fazer amor e não sexo, trocar a cara viagem de lazer pela mobília em suaves prestações, privilegiar o encontro de família ao jantar com amigos, arquivar o sonho e cair na real, dormir cedo com despertador programado, entrar na linha, bater cartão, perder o tesão. Confundi tudo e as boas intenções se transformaram em decepções.

Não podia prever como aqueles tapinhas me fariam falta e quanta saudade eu teria das suas mãos atrevidas sob a minha saia. Arrependida por ter dito muitas bobagens e por não tê-lo seguido muitas vezes em convites disparatados, eu precisava reformar aquele relacionamento. O homem que não aceitou fazer sexo com a mulher grávida porque achava que podia machucar, que era desrespeito macular sua santa imagem e que tinha se acostumado a não sentir-se mais tão atraído por ela, no caso, eu, era agora um pai dedicado. Eu que não era apenas mãe, via claramente o tempo passar ao observar meu filho, não queria ter um marido corno, mas não aguentava aquela situação de meia foda.

Em poucos dias abandonei o projeto de desfilar nua pela casa. Resolvi caprichar na cenografia e no figurino. Chamei um jardineiro para recuperar os canteiros e saí para comprar uma coleção de calcinhas novas. A ideia do olhar continuou me rondando e propus a ele que fizéssemos um ensaio fotográfico sensual. Não tínhamos equipamento adequado, nem tampouco um estúdio à disposição. Resultado: fiz caras e bocas e não gostei de nenhuma das fotos, o problema só podia ser do fotógrafo amador. Ele podia ter focado melhor aquela mulher que corria para acudir o filho e voltava querendo ser a musa fatal do pai.

Ele tinha um belo pau, liso, proporcional, não pendia nem para a direita, nem para a esquerda, era diretamente centrado. Os homens têm seus membros à vista e olham para eles desde pequenos, dão apelidos, comparam entre si, preocupam-se com o seu tamanho, ao contrário das mulheres que escondem seus seios assim que eles desabrocham e não exibem suas partes íntimas nos vestiários de clubes ou academias. Elas trocam confidências, dão beijinhos na face, choram com extrema facilidade e parecem ser quase sempre fiéis, solidárias e compreensivas quando na verdade são intrigantes, venenosas e dissimuladas.

Quem sabe se filmássemos? Com certeza assistir a uma transa nossa seria muito mais excitante do que aqueles filmes de sacanagem de quinta categoria que ele trazia da locadora do bairro ou selecionava tarde da noite na TV a cabo. Posicionamos a câmera caseira e forcei gemidos, uma vez que o microfone não captava muito bem os sons à distância. Outro projeto frustrado: eu nem apareci, nosso sexo realmente tinha virado um papai e mamãe cover.

Admirei o profissionalismo daqueles que trabalham com pornografia, é complicado ser verossímil.

Dava prazer vê-lo bater uma punheta. Será que ele também gostaria de me ver percorrendo caminhos até hoje secretos para ele e, no entanto, tão conhecidos e familiares para as minhas mãos? A masturbação dissimulada era minha velha conhecida aposentada, a assumida e justificada era exercitada regularmente, faltava assumir a "sem justificativa" para ele ver como era. Não dava para marcar hora, agendar uma performance como esta, eu não iria fingir, queria mostrar de fato como é dominar a ascenção do desejo em uma viagem desacompanhada. Não era questão de autossuficiência, muito pelo contrário, eu o desejava como voyeur ativo.

Descarada, desbundada, doida, fanática, extravagante, exibicionista, encantadora, desprezível, sonhadora, colérica, listava em minha mente todos os adjetivos aplicáveis à minha pessoa e que se contrapunham ao seu ser melancólico, reservado, sóbrio, obstinado, carente do olhar alheio, lacônico. Enquanto me censurava, pensei na brutalidade de crescer podando fantasias, amputando a capacidade de sonhar e mutilando a imaginação, a famigerada louca da casa. Abortei as dúvidas e escolhi os ingredientes fatais para esta noite: batom vermelho na boca, salada leve para o jantar, creme nos cabelos embaraçados, luz indireta de cabaré, quem sabe um incenso não muito forte...

Quando éramos namorados, transamos no tapete da sala da casa de meus pais, no vão da escada do edifício em que morava algum amigo, trepamos sem uma palavra, nem mesmo um breve gemido no sítio da velha tia carola e agora tínhamos uma casa e não encontrávamos espaço.

Notei quando ele chegou e foi direto tomar uma ducha. Que chato, não me deu nenhum beijo.

Resolvi entrar sorrateira no banheiro e, enquanto ele estava sob o chuveiro, sentei-me no bidê, ajustando o jato de água de maneira a acariciar-me levemente. Estava atraída por mim mesma e obcecada pela ideia de liberar aquelas dobras do inconsciente, sem necessidade de aprovação prévia.

Sorri para ele que me olhava com intensidade, insistindo para que eu continuasse. Senti meus joelhos tremerem um pouco, abstraí e mergulhei em outra dimensão. Fiquei surpresa por ele me beijar a boca e continuar a me acariciar depois do gozo.

Outras vidas estavam prontas para serem vividas na intimidade das nossas cabeças. Sem mentiras compulsivas, apenas verdades caprichosas e cintilantes. Ele disse que eu irradiava a mágica exuberância que o sexo proporciona, não secou seu corpo e meteu-se em mim confiante, certo de que eu o queria mais do que a mim mesma. Posicionou-se de forma a admirar-nos no grande espelho colado na parede acima da pia e, sem truques, mostrou-me aquele fantasma oculto, que gemia de prazer e que também andava perdido arrastando suas correntes imaginárias.

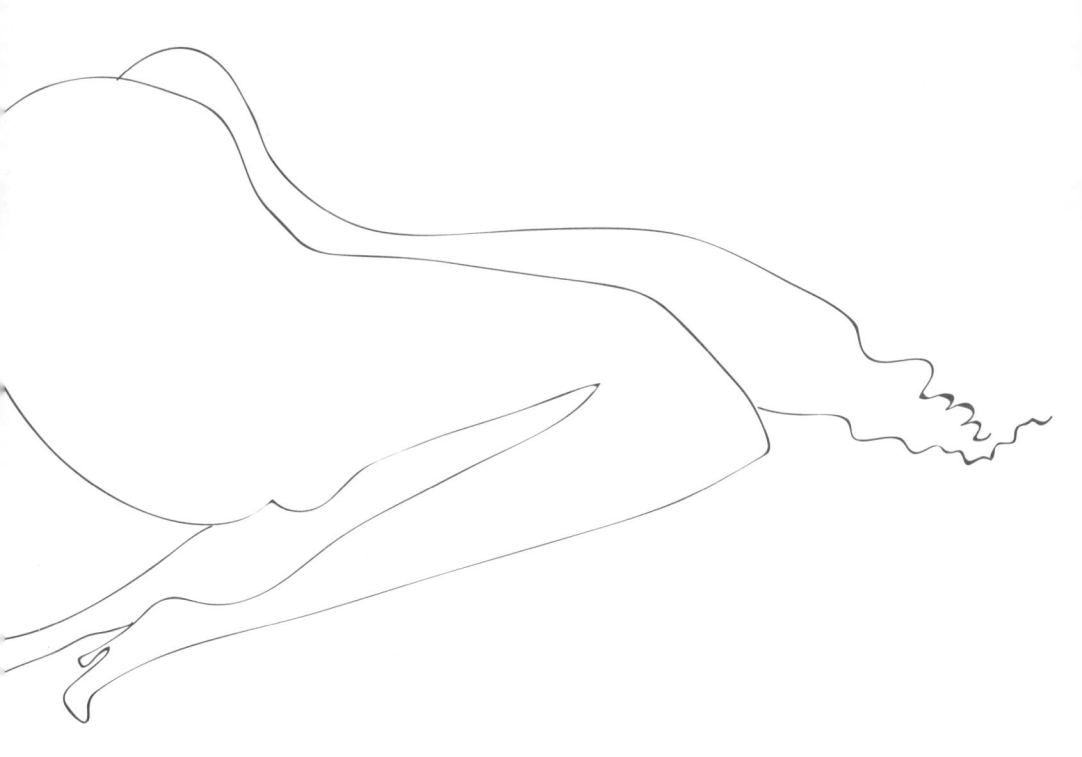

Nádia e o jogo

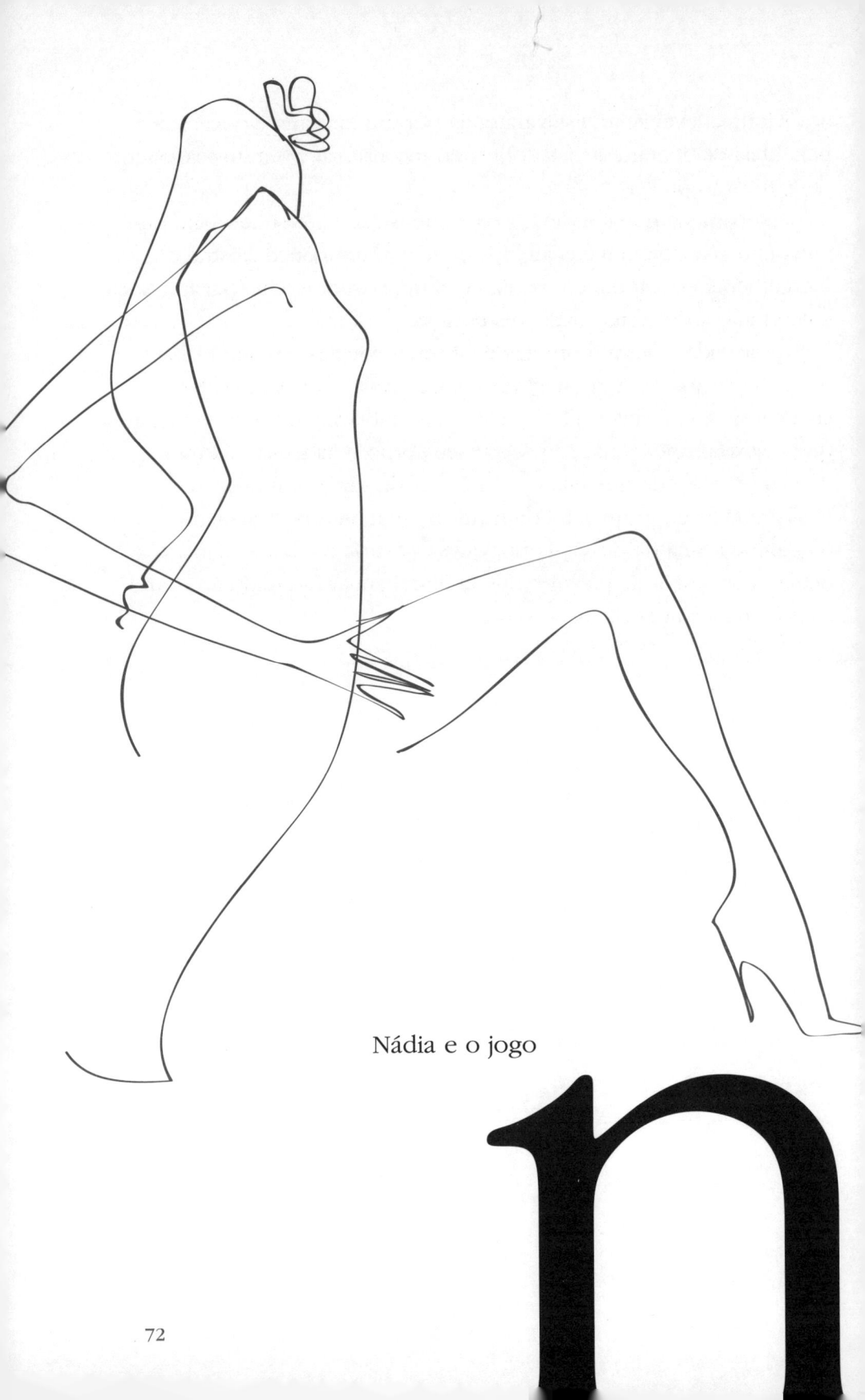

n

– Por que você não confessa que tudo fica diferente quando eu chego?
– Diferente? Tudo está igual.
– Para mim, quando você chega, tudo fica diferente: percebo minha atitude servil quando te ofereço um café, passo pelo espelho e me olho para ver se estou descabelada, geralmente paro de fazer o que estou fazendo para te dar atenção.
– E você gosta disso?
– Gosto que você esteja por perto, mas, às vezes, é difícil conciliar os ritmos.
– Como assim?
– Se um dos dois chega agitado da rua e encontra o outro tranquilo, se um está louco para sair enquanto o outro quer descansar, começam as negociações nem sempre generosas e quase sempre frustrantes.
– Se vivermos em função do outro, nos perdemos pelo caminho.
– Se formos sempre egoístas, acabamos sozinhos.
– Será?
– Agora, por exemplo, o que você quer fazer?
– Tomar um banho e ver o jogo na TV.
– Eu gostaria de estar inscrita em um curso de tango, vestindo aquelas meias de seda com risca de giz, flores no cabelo e um vestido bem colado ao corpo, vermelho.
– E por que não vai? Não espere que eu queira tocar bandoneon e use brilhantina. Gosto de Gardel, mas também sei que o maior jogador de todos os tempos é, indiscutivelmente, o Pelé.
– É por isso que não vou, você não me acompanharia.

– Mas eu não sou obrigado a querer dançar. Justamente tango. Se ainda fosse samba, quem sabe.

– E um striptease, você faz para mim?

– Faço, por que não?

– Porque tem jogo e você ia tomar banho, esqueceu?

– Mas tem que ser agora?

– Não. Pode ser daqui a uns tantos anos, quando a barriga de cerveja estiver maior. E a um sex shop, você me leva?

– Fazer o que lá?

– Pesquisar os brinquedinhos.

– Faz do meu o seu brinquedo.

– E da minha o seu ninho. Vem passarinho, vem.

– Justo agora que o jogo vai começar? Parece brincadeira essa competição.

– Mas não é disso que se trata quando o seu time joga?

– É bem diferente, você não entende.

– Entendo perfeitamente. Nada é mais importante do que o gol para mim também, gol de placa de preferência.

– No jogo tem drible, defesa, marcação, malícia, torcida, pênalti, bola na trave, escanteio, sacanagem do juiz, empate, prorrogação...

– Gostei desta história de prorrogação. Vamos trepar e depois você assiste aos melhores momentos, que tal?

– Não é a mesma coisa, o legal é acompanhar ao vivo.

– Ok, você ganhou.

– O jogo só dura 90 minutos.

– O sexo dura bem menos.

– Não seja chata.

– Não seja bobo. Estou só brincando, vou sair daqui a pouco com umas amigas.

– Para onde?

– Ainda não sabemos, para algum lugar sem telão de futebol.

– Divirta-se e volta logo. Vou te esperar pelado.

– Pelado vendo pelada até que combina. Vou pensar no seu caso paquerando quem gosta de voleibol, tá bom?

– Não brinca.

– Não enche.

75

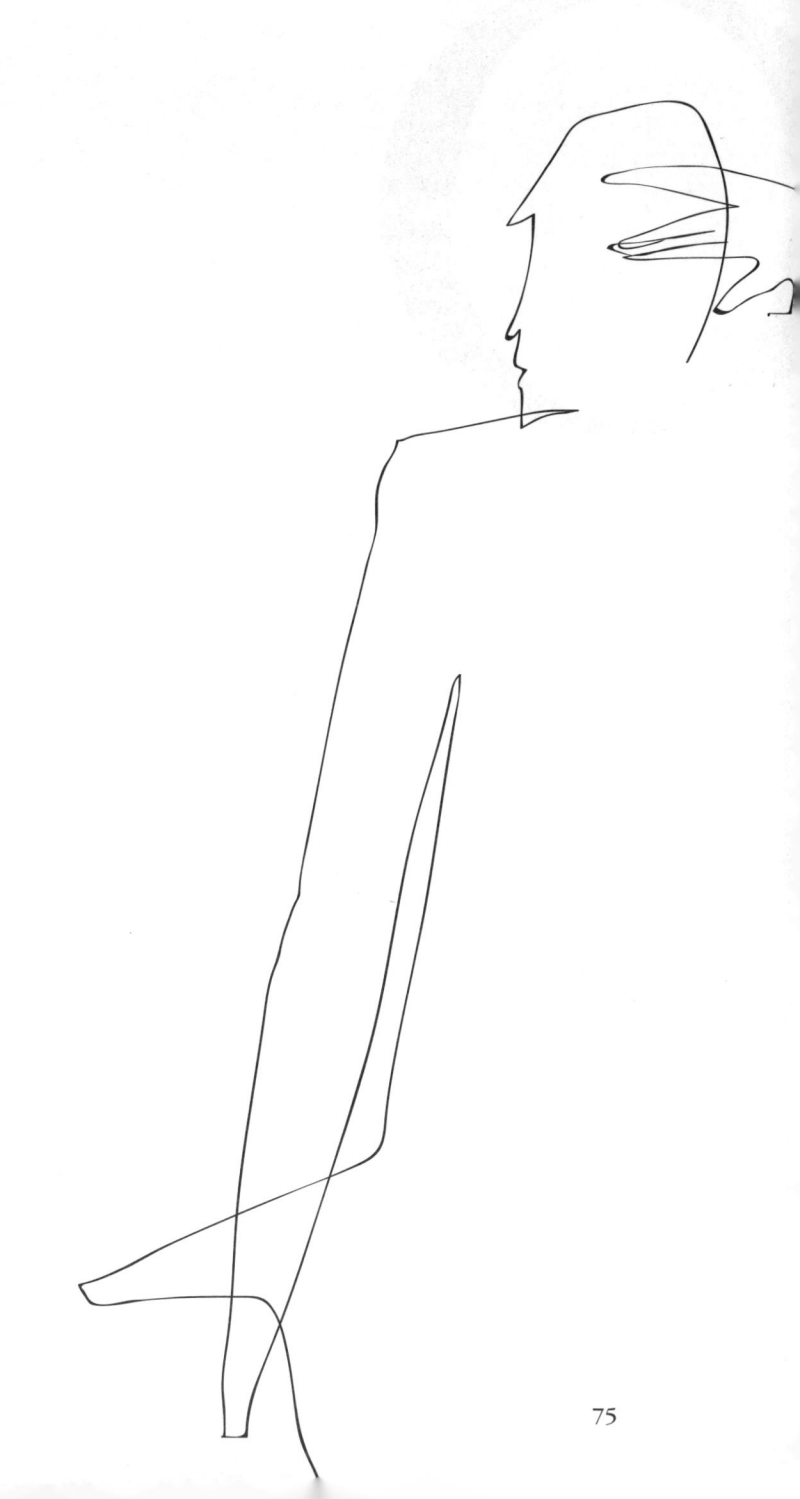

Odete Blues

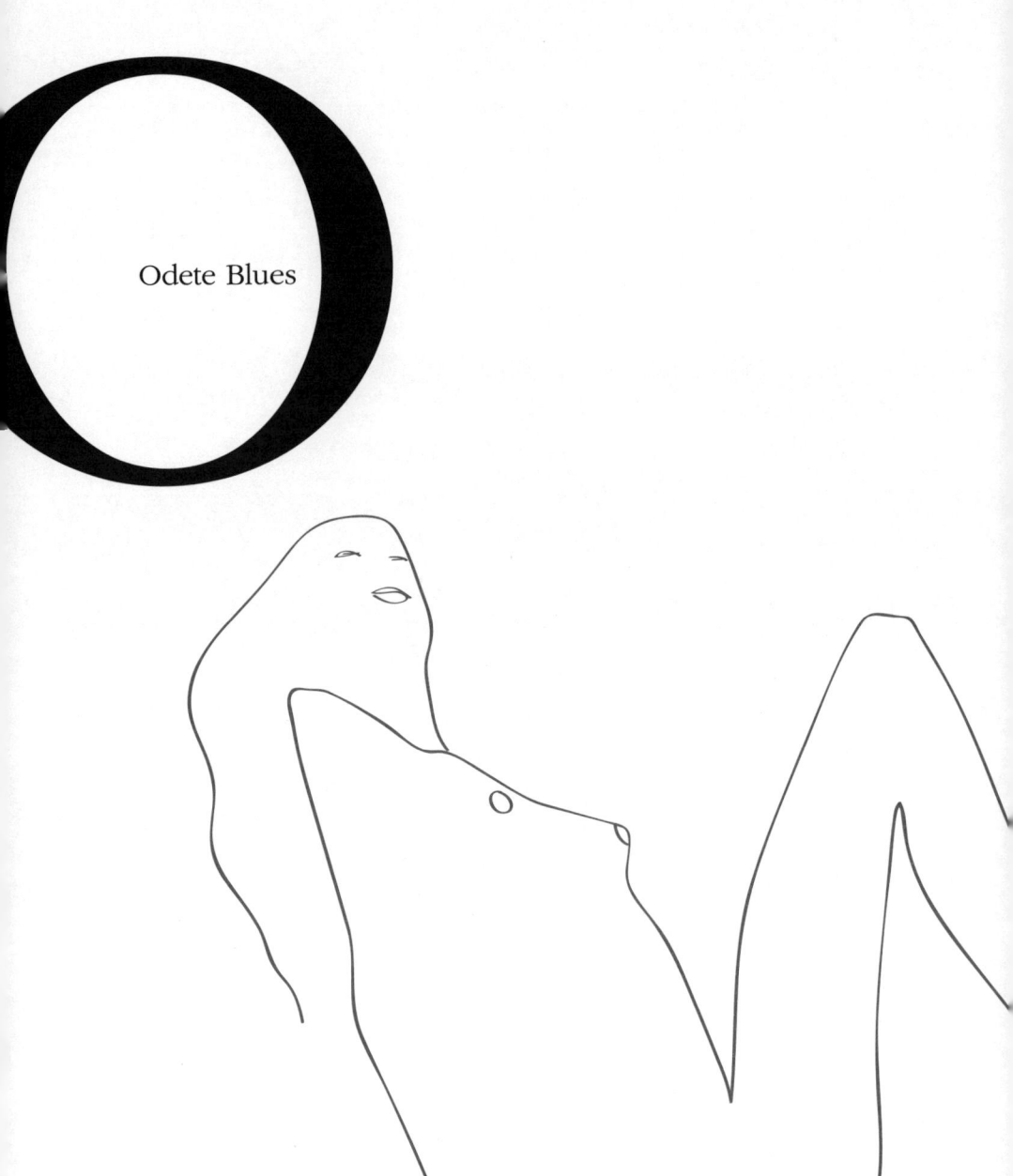

Estavam convidados a passar o final de semana na casa de amigos na montanha, aproveitaram para selecionar alguns blues e curtir a linda subida da serra na companhia de Billie Holiday. A grande lady sings and feels so sad and tells her side.

    A mulher provinciana e pouco sofisticada, que entendia apenas algumas frases em inglês, prontamente se identificou com aquela dor, desiludida pelo amor perdido lentamente e que havia cansado de tentar recuperar. Os mais de dez anos de relacionamento incumbiram-se de transformar aquela paixão inicial em algo burocrático, que incluía os monótonos relatórios de atividades diárias do casal e o sexo morno, de preferência com hora marcada. Ela se perguntava exatamente o mesmo que a canção de Duke Ellington: is that all you really want? É possível passar a vida fazendo amor com uma única pessoa? Noite e dia you are the one. No silêncio do quarto, não importa onde o outro estivesse, continuar pensando nele não era fácil. Ela já havia chorado muito, tola e ingênua. Agora era a vez dele chorar, já que toda estrada tem um retorno.

    Devia confiar neste novo amor, que a encontrou sozinha, sem um sonho em seu coração e sussurrou algo sobre aquela blue moon? Com um affair, each day is Valentine's day e Ella Fitzgerald sabia muito bem escolher seu repertório. Speak low when you speak, love. Ele havia dito que esperaria por ela, the curtain descends, everything ends too soon, too soon.

    Se o seu marido ainda fosse o The Voice, olhasse para ela e visse que estava indefesa como um gatinho em cima da árvore, talvez

milhares de violinos voltassem a tocar. Mas não: ele nem desconfiava que ela estava prestes a se entregar a outro, que o seu dia começava diferente, com a possibilidade de deixá-lo e seguir seu próprio caminho. Se ele acordasse e voltasse a beijar seus lábios como antes, se o toque de sua mão fosse sincero e provocasse alguma emoção, ela não se arriscaria a trocar o certo pelo incerto. Com ele, ela já experimentara o inexplicável e o outro era, de certa forma, a nostalgia pelo avesso. Queria voltar a sentir calor só por estar a seu lado. Queria ouvi-lo afirmar que ela era a sua mulher, ser surpreendida por um abraço público, um convite romântico, um presente inesperado. Pediu para desligar o ar-condicionado, vestiu um casaco, tirou o CD e não confessou nenhum de seus pensamentos secretos ao companheiro que abriu a janela do carro, uma vez que já estava quase em "ponto de cocção", como costumava dizer bem-humorado. O frescor da atmosfera do alto da serra causou calafrios em seu corpo, encolhido no banco de couro. Lembrou-se dos conselhos de sua melhor amiga, expert no assunto, que não admitiria nem sob tortura qualquer intenção de traição. Conforme ela, nenhum homem aguentaria este tipo de declaração e todo cuidado era pouco, pois, aqueles que se diziam modernos eram os mais perigosos, repetia confiante. Esticou as pernas, optou por Bach, que corre igual diferente feito ideia da gente. Humano é o esforço em ser feliz, em buscar na prosa o verso.
De repente, serpentes.

    Mas, como e por que se defender de um amor, se ele é uma dádiva? O passado é história, o futuro misterioso, o melhor é ficar com o presente que não tem este nome à toa. Chegaram, descarregaram a única mala que traziam. Os quartos foram distribuídos e, imaginem vocês, ela deveria dormir justamente ao lado daquele que plantara a dúvida em seu coração, a uma porta de distância da infidelidade e da quebra da promessa feita no altar. Como poderia prever tal encruzilhada na época em que, vestida de branco e com flores no cabelo, não tinha olhos para ninguém além do seu cavaleiro? Difícil reconstruir a história. A memória do nevoeiro é assustadora. Era dezembro, intenso renascer. Ele gostava de amoras, ela preferia maçãs. As coisas amaduraram, confiança na providência. Divina?

Mais seguros de serem personagens, sabiam que arte e vida se renovam. Sempre.

Após tomarem uma canja reconfortante e várias taças de vinho, a certeza se firmou: por mais que gostasse de blues, tinha nascido com samba no pé. O outro podia continuar a dedilhar por horas o seu sax insinuante que ela não se incomodaria. Artistas amadores insistem em mostrar suas conquistas aos amigos generosos e, às vezes, extrapolam. Trancou a porta do seu quarto e colocou a chave sob o travesseiro do esposo que resmungou algo já adormecido, reiniciando aquele ronco básico, enlaçando-a com seu abraço cansado. Pensou até mesmo em rezar, mas desistiu da ideia por não se lembrar das frases corretamente.

Dia seguinte, o quarto ficou fechado até mais tarde. O banheiro da suíte contava com uma parede de vidro que a deixou hipnotizada pela calmaria e beleza do vale. Despiu-se sem pressa, distraída, admirando a paisagem, enquanto alongava-se aliviada, desperta daquele sono bom. Ainda sob as cobertas, ele acompanhou cada movimento como se a visse pela primeira vez, reconhecendo aquele jeito de espreguiçar e jogar os cabelos como familiares e encantadores. Notou a nuca, o desenho das costas, a cintura, o cotovelo pontiagudo, as mãos finas e delicadas, o joelho redondo, os pés com o segundo dedo mais longo. Eva no éden, descoberta pelo olhar de Adão. A arquitetura de interiores integrava o meio ambiente de tal forma que o sol iluminava detalhes preciosos: sua boca carmim, seus seios de bicos escuros, sua pele alva com poros abertos. Seguiu-a até a ducha, quente e forte como o seu caralho. As mãos que procuraram vida diversa não encontraram resistência. Fizeram amor de pé, como o galho da trepadeira enganchada no tronco que podia ser visto de dentro da banheira antiga, sem cortina. Interagiram com a natureza, viraram riacho e cascata.

Todos voltavam da caminhada, quando os velhos amantes apareceram sem fome e notaram que o músico pretensioso havia partido mais cedo, alegando compromissos inadiáveis. Sugeriram passar apenas um cafezinho no velho e charmoso fogão a lenha. Ele já estava aceso desde cedo e a tradicional chaleira de ferro com água fervendo descansava sobre o braseiro. Bastou assoprar um pouco, fez fogo.

p

Patrícia e a conta a ser paga

Ela sabia que era única, tinha medo de parecer vulgar, de ser comparada com qualquer uma, mas, contraditoriamente, também queria ser qualquer uma. Se ele faz com a puta, por que não com a esposa? Amante ou esposa, que lugar é mais confortável?

Vagabundas são as duas: a amante que se envolve sabendo que ele é casado e tem família e a esposa que sabe do pula cerca e se esconde casta no claustro. Disputar a preferência do macho dá trabalho e requer uma dose extra de sangue frio, próprio dos répteis que não hesitam em dar o bote quando ameaçados.

O caminho da redenção é traçado via sexo obsceno, selvagem, espontâneo, sem inibição, temor ou autocomiseração.

Foi simples convidá-lo para acompanhá-la naquele encontro derradeiro, onde deveriam assinar os tais papéis envolvidos na burocracia das separações e seguir em frente com o processo de "lavagem da roupa suja fora de casa". Não tinha lido nenhum dos parágrafos daquela ação escrita em linguagem jurídica. Aquilo a sufocava, não queria ouvir falar em pensão, em acordos ou divisão de bens. Nem pensar em ser amistosa, precisava descarregar suas mágoas e dizer a verdade sem rodeios. Seria direta: ser traída doía muito, mas a grande decepção eram as mentiras acumuladas, pensar em como as desconfianças foram se transformando em certezas, nas negativas constantes que desrespeitavam a inteligência do interlocutor, nos detalhes cada vez mais difíceis de serem previamente articulados a ponto de se tornarem dignos da perícia de investigadores particulares, nas histórias forjadas envolvendo lugares e nomes de amigos comuns, nas provocações cansativas e nas respostas evasivas e comprometedoras, nos horários absurdamente indigestos e delatores. Era aquela sensação de incompetência, culpa em parecer a única responsável pela falta de diálogo, pelo tédio e pela mesmice do casal. Pressionado pela sua insistência, um dia a merda toda foi parar de uma só vez no ventilador.

Ela jamais imaginaria o tamanho do enredo, quando ele contou a sua versão da verdade. Eram vários volumes picantes, quase uma enciclopédia de galinhagem, e agora que ela sabia de "quase tudo", não queria passar a carregar o peso que havia aliviado das costas dele.

O casamento não era um confessionário, nenhum dos dois absolveria pecados, mas já se aplicavam penitências. Ela tinha tido experiências pré-nupciais com outros parceiros, era fiel no casamento e não cogitava entregá-lo sem briga. Naquele duelo ela escolheria as armas e precisava acreditar-se em vantagem. Os fantasmas das outras, fossem ruivas, louras ou morenas, não a acompanhariam para o leito onde não cabiam mais comparações.

De temperamento forte, escolheu ser abusada e depilou a virilha praticamente completa, deixando à mostra sua vulva livre do crespo jardim. Seus seios fartos também estariam bem à vista para brindar o final da abstinência. Era perturbador pensar que isso que chamamos de demônios somos apenas nós mesmos.

Era fácil jogar as próprias responsabilidades sobre o outro, resolveu premeditar cuidadosamente a maneira com que atiçaria o vigor dele para tomá-la à força.

Deveria hesitar e parecer acuada? Afinal, tinha recebido uma educação requintada, mas apesar da avó, da mãe e da tia, ela também era da família e também queria rebolar. Esquecer o impuro pecado e enfeitiçar, copular como nunca, explorar, invadir, apaziguar, suplicar, sorver, mimar, subjugá-lo amamentando-o, consolando, salvando, confessando depravações secretas, potencializando o prazer daquele sexo familiar contido e encabulado.

Era capaz de expulsar a dúvida e se entregar lúdica aos jogos, à diversão, ao balanço voluptuoso do sexo que não soma, não subtrai, não divide, antes aniquila, zera. Não precisava de álibi, ainda estava casada com ele.

Não precisou insistir, bastou se entregar. Rastros do antigo encanto permaneciam no leito carente e agora disposto a ser indecente. Ele disse apenas que ela estava um pouco estranha, que tinha ganhado um brilho.

Não ofereceram resistência um ao outro, buscavam conhecimento pelo gozo.

Revelou que gostaria de ser golpeada, espremida, esmagada, queria que ele afundasse o nervo enrijecido com brutalidade, que apalpasse suas entranhas e pressionasse seu ventre expulsando qualquer amarra interna que ainda restasse. A fêmea caçadora comentou seus planos de emboscada. Era capaz de entrar em ação agora, segura de si, na arena cheia de espectadores. Que tal convidar as outras para compartilhar aquele leito? Tinha encontrado o caminho dentro de si mesma, não tinha mais medo de perder-se.

Suas unhas o arranharam de leve e prenunciaram a fúria infernal daqueles corpos possuídos, ardentes, cujas labaredas de sangue quente se transfiguraram em lágrimas abundantes em poucos minutos.

O óleo da pele dele tinha passado para ela, sua cabeça jazia pendurada no canto da cama, o teto parecia girar, o abismo, a cova funda, os alucinados sem chão mergulharam no delírio e transbordaram em leite, deleite, espasmos, gemidos, mistérios do clímax elétrico e fugaz, na quase morte. Transfusão salvadora na época. Continuaram casados por alguns anos.

q
Quitéria no tráfego intenso

Segunda-feira, porta da pré-escola, filhos pequenos entregues aos cuidados de jovens contratadas para serem doces e cuidadosas durante quatro horas por dia e que os recebem de braços abertos e paciência infinita. A fila dupla para estacionar é de praxe, ninguém parece se preocupar com o exercício da cidadania ou com o exemplo que se dá aos filhos. Há pressa em se iniciar atividades na indústria, comércio ou serviços, que prometem alívio para a carga do final de semana atribulado, passado entre a casa da sogra, festinhas infantis, clube, caprichos, manias e birras do convívio familiar intenso, incluindo aí o imperdível futebol comentado à exaustão.

Eu sabia que aquele pai estava recém-separado da víbora mentirosa e que poderia me oferecer uma carona. Nossos filhos eram amigos há mais de um ano e sempre houve uma espécie de camaradagem entre nós. Meu marido achava que ele me olhava diferente, que me dava muita atenção, mas eu me divertia negando qualquer interesse extra. Não esquenta a cabeça, não é nada disso, sério, estávamos apenas conversando sobre a amizade dos meninos, não confia mais em mim, está procurando briga?

– Você vai direto para a agência? Que bom que ele acenou, acho que tinha reparado que eu estou a pé e estacionou para esperar.

– Não, tirei uns dias de férias para montar minha nova casa. Você foi para a praia? Está morena, entra que eu te levo, está sem carro hoje? Dizer logo que está morena é coisa de imbecil completo. Está na sua cara que ela te atrai, não fica falando besteira, ainda mais louco para trepar como está, com porra saindo pelos ouvidos. Só porque é corno

85

e isto parece estar estampado na sua testa, não precisa apelar.

– Foi para a revisão, mas eu é que na verdade precisava de uma recauchutagem completa. Ele vai pensar que estou pedindo elogios e, como cavalheiro ingênuo, certamente dirá algo agradável. A bruxa não merecia um homem destes com certeza.

– Que bobagem, você é linda. Incrível como toda mulher precisa de elogios. Só pode ser charme, com este corpo incrível que ela tem.

Cede a vaga e engata a primeira, raspando de leve sua mão nos meus joelhos que pareceram estar carregados de uma corrente elétrica que se espalhou pelo meu corpo inteiro. Será que ele também sentiu?

– Casa nova, férias, você é que está ótimo, livre, leve e solto. Eu já havia reparado nele desde as primeiras reuniões de pais, seu cabelo liso escorrido sobre a testa, olhos claros e transparentes, sorriso franco e maroto. Sua ex, no entanto, não passava de uma chata, exibida e arrogante, que usava perfume em excesso e sempre fazia questão de interromper qualquer um por ser contrária a isso ou aquilo.

– Digamos que estou me recuperando. Tentei de tudo para manter meu casamento, mas o relacionamento esfriou de vez. Deve ter sido morno desde o começo, pensei eu, com aquela zinha... Mulher sem graça, sem sal, daquelas que te mede dos pés à cabeça quando te encontra, dá beijinhos sem encostar no rosto, do tipo que percebe a pequena lasca no esmalte que você não removeu antes de sair de casa.

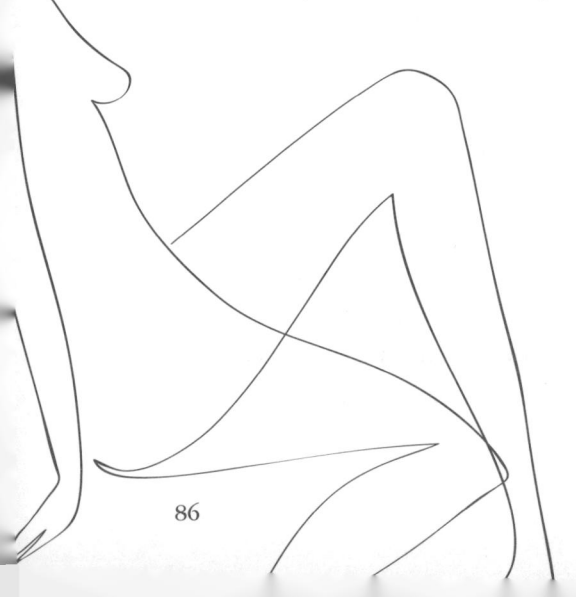

Não disfarcei minha solidariedade, apesar de querer cumprimentá-lo pela liberdade adquirida. Apoiava e respeitava a decisão do casal, mas, convenhamos, a vida continua, quem sabe até melhor sem aquela figura desagradável por perto. Afinal, ninguém tinha morrido, não era caso de luto. Francamente: seria mais fácil aceitar a viuvez do que o fato de ter sido preterido? Comentei que minha união só continuava vingando devido ao filho pequeno e a certa acomodação entre as partes que admitiam o desgaste, mas tinham cumplicidade suficiente para viver juntos sem muitos interrogatórios e cobranças. Pura enrolação. A verdade era que buscávamos alternativas com outros parceiros em uma relação aberta e não havíamos nos apaixonado por ninguém de tal forma a justificar uma ruptura. Pelo contrário, as relações para além do bem e do mal nos revitalizavam e mandavam de volta para casa, reanimados com as experiências. O inevitável e perigoso ciúme insistia em marcar presença e nos obrigava ao eterno fado de escolher entre o sutil e o grosseiro...

– Vocês não transam mais? Perguntou surpreso e levemente excitado com a conversa. Que vontade de colocá-lo no colo, confortá-lo, dizer que ele podia ter a mulher que quisesse, eu inclusive. Parecia estar a ponto de chorar. Valeria a pena convidar aquele anjo inocente para cair em tentação? Será que ele sabia lidar com as mulheres, ela não o teria abandonado por estar completamente histérica? Que ela já tinha um amante há tempos não era novidade. Ele era cafajeste suficiente para começar ali uma amizade colorida pelo sexo eventual?

– Não tanto nem tão bem como antes, disse eu, avistando um outdoor de motel ali perto na Marginal, já decidida a testá-lo e conduzi-lo. A libido para mim não tinha ligação alguma com o fato de carregar uma aliança no dedo.

Ele ajustou o ar-condicionado de maneira a refrescar o ambiente já aquecido pelo calor evidente dos nossos corpos. Não surtiu efeito, o microclima estava estabelecido, o carro de trás buzinou e nos fez avançar mais um pouco.

– E você, já teve algum caso ou soube de algo da parte dele? Pronto, chegamos ao pior dos cruzamentos, farol quebrado, guarda de trânsito uniformizado usando o velho e bom apito para tentar coordenar a ida e vinda de veículos. Daqui não dá mais para voltar, o jeito teria sido evitar o caos, o importante agora era não ficar parado, correr o risco e buscar o cosmos.

— Desconfio, mas não importa, adoro estar casada, respondi tranquila, colocando minha mão sobre a sua coxa em um convite explícito. Musculatura de gente disciplinada em manter o físico. Sua mente seria capaz de vencer a resistência em transar com a mãe do amiguinho de seu filho e futuramente encontrar com meu marido e manter o controle sobre a linguagem do seu corpo que podia deixar escapar um olhar malicioso em minha direção, em frente a outras mães modelos de fidelidade?

— Quer conhecer meu novo apartamento, eu gostaria muito de te mostrar, está praticamente vazio. Você poderia me ajudar com seu bom gosto. Eu poderia ajudá-lo apenas com a certeza de que, para mim, pular a cerca não era grave o bastante para anular um contrato de convivência pacífica e conveniente entre adultos imperfeitos que pretendiam manter vivo seu vínculo amoroso.

— Não tem nem cama? Reiterando a disposição em me oferecer para o sexo matinal, que descarregaria as tensões acumuladas e carregaria a bateria dos dois para uma nova fase ou recomeço mais flexível, pensei antecipadamente na felicidade de reencontrar meu marido que iria almoçar em casa.

A aparência desconfiada que ele teria, o leve ciúme que temperava nossa relação, o precário sexto sentido do macho traído que nem sempre sabe por que a fêmea parece repentinamente deliciosa novamente.

Atravessamos aquela fronteira de guerrilhas. Trégua até o próximo semáforo fechado, tempo para nossas línguas se cruzarem e certificarem-se de que havia química suficiente para garantir uma ótima trepada. Ele virou à esquerda, pegou um atalho e desviou do trânsito intenso daqueles que iriam em busca de negócios. Aproveitei para meter a mão em suas calças e perceber que, como eu imaginava, ele não negaria fogo, sua pistola já estava a postos, agradecida pelas carícias preliminares.

Não dissemos mais nada, deixei cair minha cabeça em seus ombros fortes e escorreguei em direção à virilha. Não saí mais dali, sentindo o aroma do sexo masculino que me inspirava, fazia esquecer do ônibus lotado ali ao lado, da lista de compras em minha bolsa, da cesta de roupa suja, do cão que precisava dar uma volta no quarteirão. A cadela também precisava muito vadiar...

Ele segurava minha nuca e tentava evitar outras vias congestionadas, ultrapassando como podia os milhares de carros que pareciam surgir de todas as garagens de edifícios e entupir as ruas só para nos deixar mais tesudos e aflitos.

– Impossível driblar o trânsito, afirmou ele.

– Que tal o motel... disse eu. Entra!

Usamos um ao outro com brutal egoísmo, ele me deixou no ponto de táxi mais próximo e prometeu carona ao meu filho. Cheguei rapidamente em casa, a tempo de preparar o almoço para a sagrada família.

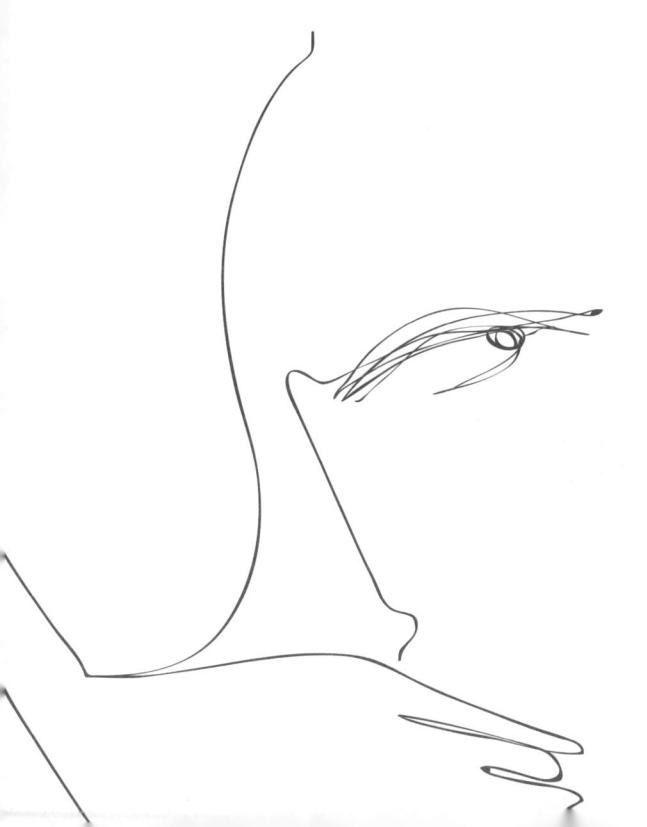

Rosário

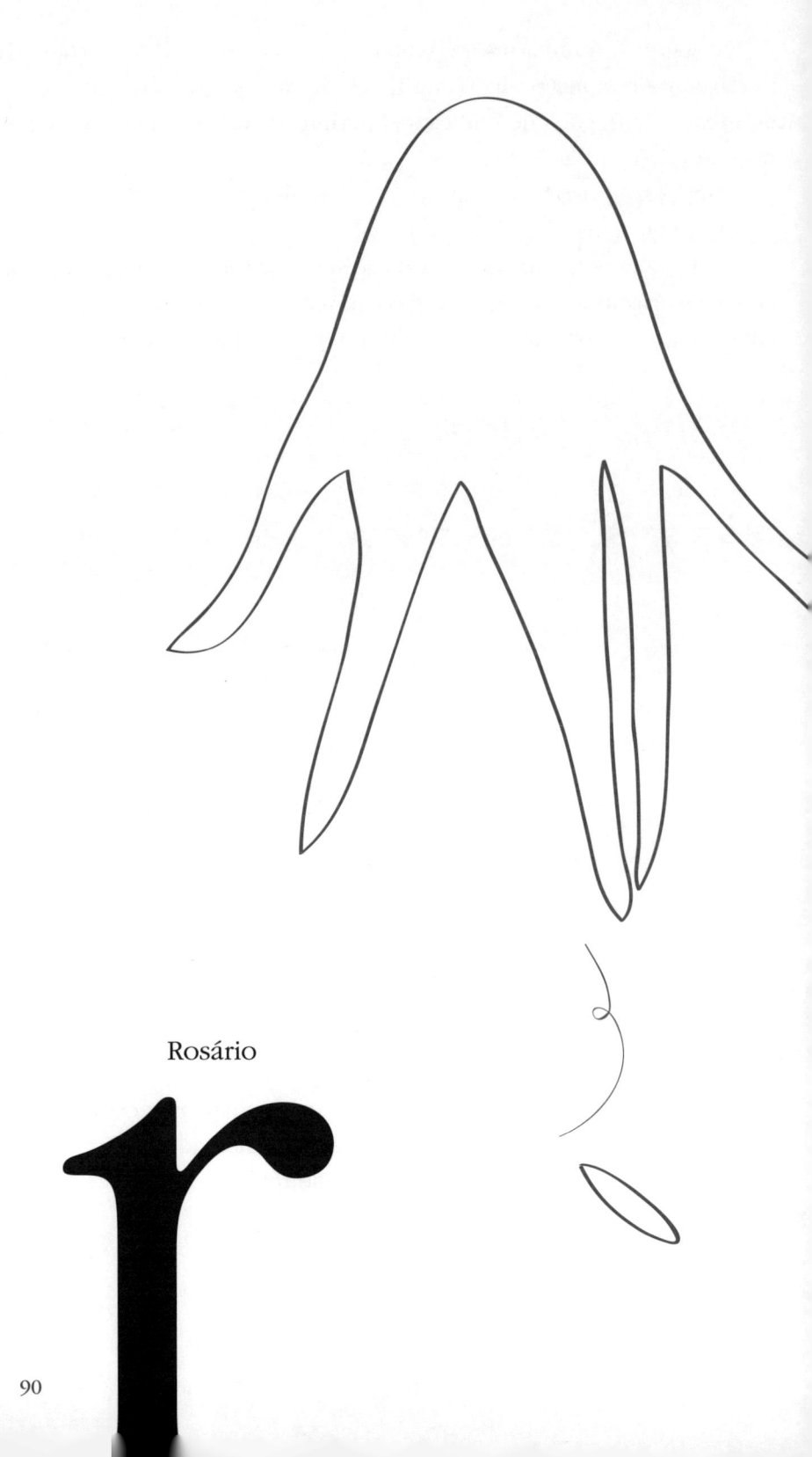

Ele disse que sentia muito, precisava mudar de casa, ia sozinho, não tinha dúvidas. Não queria ficar com ela por obrigação, não iria perdoar a si mesmo se fizesse isso, queria ser mais feliz, não sentia culpa. Disse que pulou fases na vida e que precisava resolver o problema do quarto que nunca teve. Estava em processo terapêutico, analisando a simbologia de muitos dos seus sonhos, em crise de meia-idade.

Olhando pelo avesso, ela rebateu e disse simplesmente que ele sentia pouco, que a dúvida era a sua única certeza, que devia estar apaixonado por outra, que não iria perdoá-lo jamais por novas mentiras, que ambos tinham culpa pelos desastres do relacionamento. Vergonha, sentimento de incompetência, fracasso. Nunca fez terapia, raramente lembrava os próprios sonhos e não lhe ocorria nada para dizer aos filhos já criados, que pareciam achar bom tudo que estava acontecendo.

O que impedia a felicidade do casal que já havia passado por tantas crises?

Ele disse que era a sensação de estar mergulhado em um vício profundo.

Ela tinha a consciência de que seus problemas recorrentes estavam ligados à perda, incerteza do amor correspondido e à baixa autoestima.

Fez as malas dele em poucos minutos, sem olhar para o rosto perplexo que acompanhava aquela atitude atormentada sem mexer sequer um dedo. A overdose foi seguida de internação em um flat. Veio a síndrome de abstinência.

O dia passou a ter vinte e quatro mil horas que não passavam, assim como não passava nada pela garganta. Conviveram com a dor, o medo e a rejeição. As lembranças invadiam o pensamento sem pedir licença. Repetiram erros, insultos e humilhações. Péssimo hábito que resultou em mais sofrimento, raiva e vazio.

Era hora de dar tempo ao tempo e distrair-se.

Muita caminhada, chá, cinema, compras, jogo de cartas, mais caminhada, mais chá, mais cinema, mais compras, mais jogo de cartas.

Amigos salva-vidas? Essenciais, afirmaram o valor e a inteligência de ambos.

Chorar? Liberado, contanto que o luto não fosse eterno.

Viagem, por que não? Resistir à vontade de manter contato, de se lamentar, fugir dos condicionamentos que mantêm o círculo vicioso.

Tentaram a terapia de casais, recontaram suas histórias, não se reconheceram nas traduções intermediadas por uma figura triste com a qual não se identificavam.

Ele adquiriu um apartamento, reformou, comprou eletrodomésticos, móveis de design arrojado e pareceu estar realmente mais feliz.

Ela também fez uma reforma interna: permaneceu na casa e começou a perceber que estar sozinha não era sinônimo de solidão. Bons livros sempre a acompanhavam. Pediu a separação formal a contragosto, por não admitir a possibilidade de manter aquele relacionamento sem a convivência diária, em uma situação amorfa que parecia favorecer apenas a ele. Sabia que devia conformar-se e não se martirizar. Queria dar uma chance a si mesma e buscar a própria libertação. Quem sabe um novo amor com o mesmo RG?

Melhor não se precipitar.

Retomou o trabalho, esmerou-se em tranquilizar-se e viver cada dia de uma vez. Experimentaram a qualidade do desejo à distância. Era bom e nada mais importava. Mantiveram os dois CEPs.

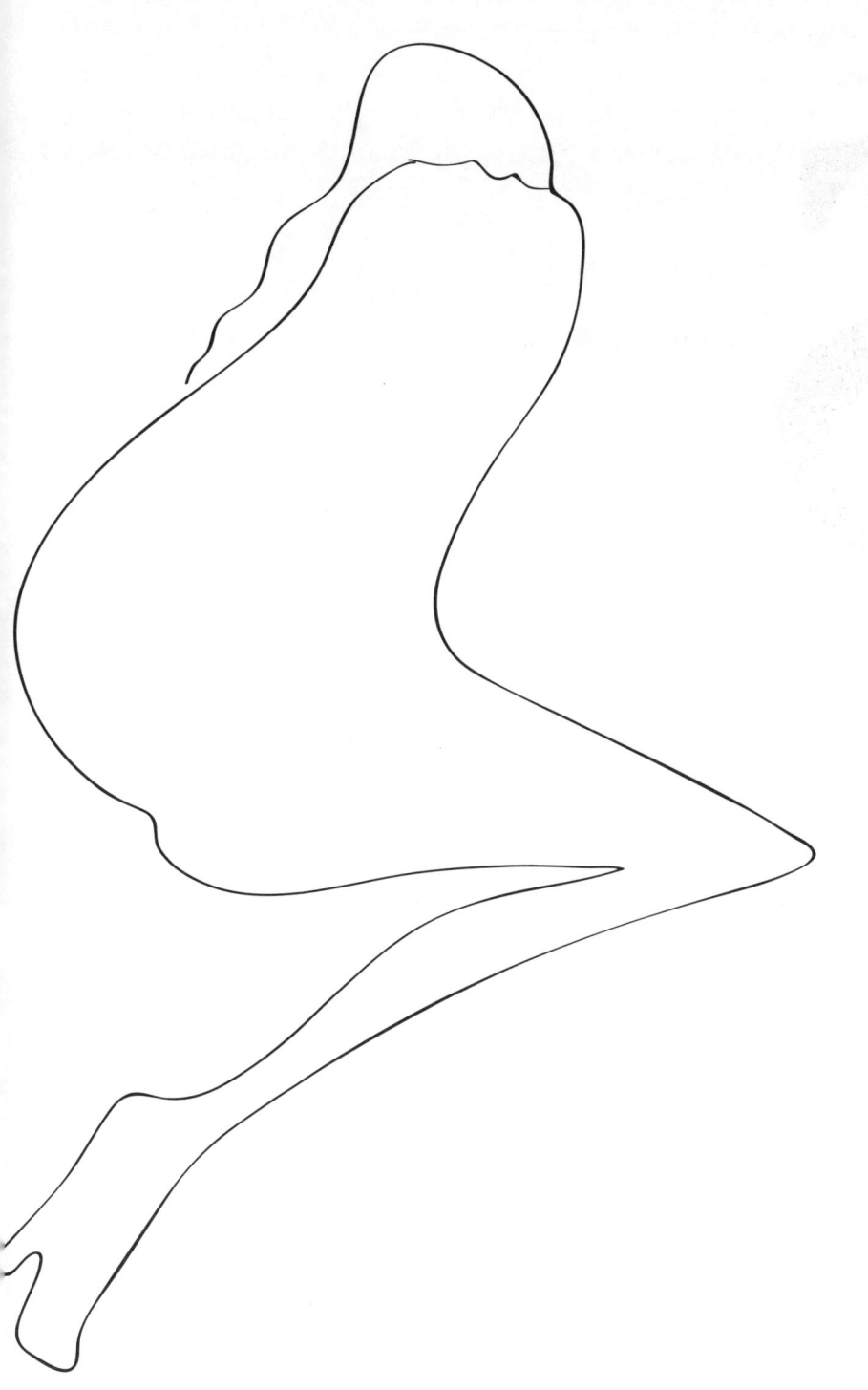

S
Sandra e a Bossa Nova

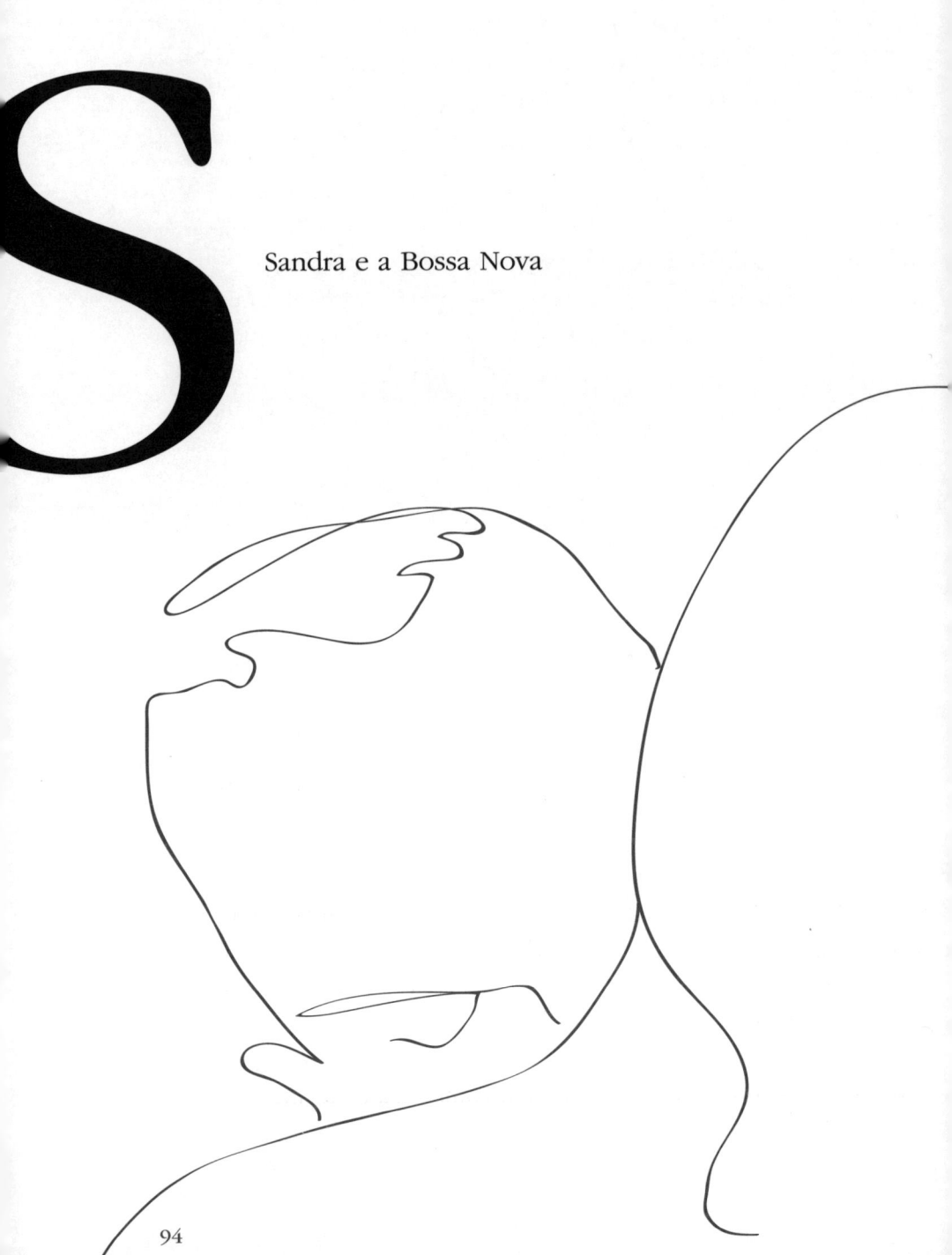

Cheguei lá pelas oito e meia da noite e o silêncio da casa, que geralmente me reconfortava, pareceu insuportável. Escolhi um CD entre os tantos comprados e jamais ouvidos. Precisava de óculos para ler as faixas. Preguiçosa, escolhi o modo aleatório. A música criou uma atmosfera relaxante. Pensei em dançar. Pareceu-me ridículo dançar sozinha. Não me movi. O arranjo era impecável, com uma riqueza de detalhes que surpreendiam meus ouvidos. Olvidos. Um cantinho, um violão e mil lembranças: Tu, Solo Tu, meu pai dançando com minha mãe, bodas de ouro de mãos dadas, compor-se com uma mulher uma vida inteira era realmente admirável. Desconcertante.

Bem vindas seriam agora as águas de março, o projeto da casa de campo arquivado, o queira não queira, a promessa da vida inteira junto interrompida pelo caminho pedregoso, o laço, o anzol, o fim da canseira, o corpo na cama, o pau, a cobra, o belo horizonte. Peguei o telefone, disquei o número que sabia de cor, de coração. Aquele da voz macia, do tom quente e sensual não estava.

– Deixe seu recado, dizia alguém que eu não reconhecia. O que poderia ficar ali gravado, que meu coração não poderia viver escravizado a uma ilusão? Desliguei, faltava poesia em mim e pedi-la emprestada a outros que podiam expressá-la tão bem não era meu forte. Fui tomar uma ducha e comer algo, sem concordar que era triste viver na solidão e que um sonhador tem que acordar.

Acreditava que poderíamos viver melhor separados, cada um no seu espaço. Sem humildade nenhuma, compelida pela síndrome da independência, propus dois apartamentos para abrigar meio casal em cada um deles. Adeus ao incômodo da tampa do vaso erguida e jamais devolvida à posição própria para sentar, alforria às calcinhas penduradas em pencas no box do banheiro, sem cismas com outros perfumes femininos que pareciam saltar do cesto de roupa suja, liberdade para vestir o decote que desejasse a qualquer hora do dia ou da noite. Foste o que tinha de ser, conhecia seus segredos de cor. Mas, o que eu posso contra este amor que nego tanto, evito tanto e que volta sempre a enfeitiçar?

Liguei novamente e ele atendeu com a voz bem rouca, pedindo cuidados urgentes. Vem para cá, parece transmissão de pensamentos, está com febre? Vou te socorrer, não esquenta, não estou chateada, te espero, vem.

Tempo da água da chaleira ferver e da campainha tocar. A ausência do abraço na chegada foi mais excitante do que se ele tivesse me tocado ao entrar, banho tomado, bermuda clara e camiseta branca nova que eu não conhecia. A paixão engorda com a impossibilidade, precisava deixar claro que estava disposta a relações sem amanhã, principalmente com ele com quem já tinha vivido anos a fio. Será que ele notou a sensualidade dos desenhos que enquadrei para a nova decoração das paredes? Precisava ser convincente, sabia estar fascinada por quem me maltratava há anos.

Querendo aquela gripe em mim dei-lhe um beijo de fotografia. Saí rebolando em direção ao bule de chá. Ele, chocado, leu bondade e sacrifício nos meus cuidados.

– Esta barba malfeita te deixa abatido e mais velho, sabia?
Mas eu já estava com saudade dela arranhando a pele do meu rosto. Já te disse que você é parecido com meu pai?

– Não leve as coisas tão a sério, minha enfermeira predileta, vem cuidar de mim.

– Só se for para brincar de incesto. Agora a pouco lembrei de meu pai com minha mãe e ainda senti raiva dela. Ele mostrou que não estava vulnerável e que podia simplesmente jogar cartas com o meu passado. Arriscou-se puxando a faixa enroscada na minha cintura, soltando o laço e abrindo o roupão atoalhado que eu trajava sem nada por baixo.

— Então vem com o papai. Quer cavalinho, esconde-esconde, bicho papão, o quê? Senta no meu colo, eu não te deixo cair. Aqueles gestos largos que me envolviam em abraços calorosos eram semelhantes aos do homem que ficava sobre minha mãe, fazendo movimentos bruscos e sonoros de quadril. Pelos sons do quarto ao lado, eu pressentia tudo que acontecia sob os lençóis deles.

— Aproveita e traz o Boletim Escolar, aposto que a nota de comportamento é zero. Eu admitia que gostava daquela rígida hierarquia de machos-dominantes ditatoriais, queria ser carregada e me sentir leve em seus braços fortes.

— A menina levada é o orgulho do papai. Comparado a ele, você está sempre ensaiando e nunca estreia na cama comigo. Ele era muito maior, corajoso, herói infalível capaz de me proteger e salvar de qualquer perigo.

— A safadinha andou faltando na aula? Hoje vai ficar de castigo de quatro no chão, ajoelhada e com o traseiro à vista até eu dizer chega. Castiga que eu te amo mais ainda, faz cara feia, diz que eu não presto, purga minha culpa em te querer como modelo ideal, destrói e mata o mito.

— Fica de vagabundagem com os meninos por aí, não é? Vou aparecer de surpresa na porta da escola só para te trazer para casa arrastada. Ai, que vontade de te dar umas boas palmadas. Me ferra, mete gostoso, queria tanto ter namorado mais, trepado mais, pecado mais! Você pega no meu pé como ninguém e não para de me vigiar. Deixa eu viajar, acampar com amigos, não vai acontecer nada demais.

— De jeito nenhum, só se for sobre o meu cadáver. Manter relações ao ar livre é saudável, preciso exercitar, me solta, me larga, me deixa viver.

— Nenhum homem presta, é preciso tomar muito cuidado com eles. Eu gosto dos meninos, as meninas são chatas, ficam comparando vestidos e sapatos. Eu gosto de ficar nua e descalça.

Aquela máscara tinha o formato do seu rosto. Eram carecas, será que perderam seus cabelos tentando manter julgamentos severos com vários pesos e medidas, aplicáveis, conforme o caso, às mulheres para casar com boa reputação preservada e às mulheres para trepar, boas putas que são?

Aquela ousadia pessoal me levou a fazer pequenas confidências e aliviou parte da carga que eu nem imaginava carregar.

Reconheci aquelas carícias tão familiares, vinham de pai para filho e contavam com a ajuda do espírito santo. A santíssima trindade: por onde entra o pai, sai o filho, ambos ligados ao mesmo princípio de te foder com carinha de santos. Travessia tantas vezes feita, a consciência escapa, a angústia se dissipa, a atraente armadilha para a vida a dois novamente se impõe. Hora de lembrar que as traições eram recorrentes, que a vida em comum estava interditada por consenso, que não havia como mantê-la incondicionalmente.

– Você prometeu abrigo, lembra-se?

– Pois é, então... se quiser dormir aqui hoje pode, mas não vai acostumar e trazer de volta a escova de dentes e o par de havaianas.

Rimos muito, marcamos uma ida ao campo para respirar novos ares e ficamos naquele terraço à meia-luz, ele tendo que ir embora, esgotado, aborrecido. Essa era a nova brincadeira de fato.

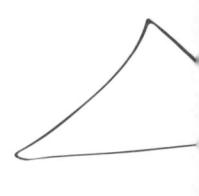

t   Teodora

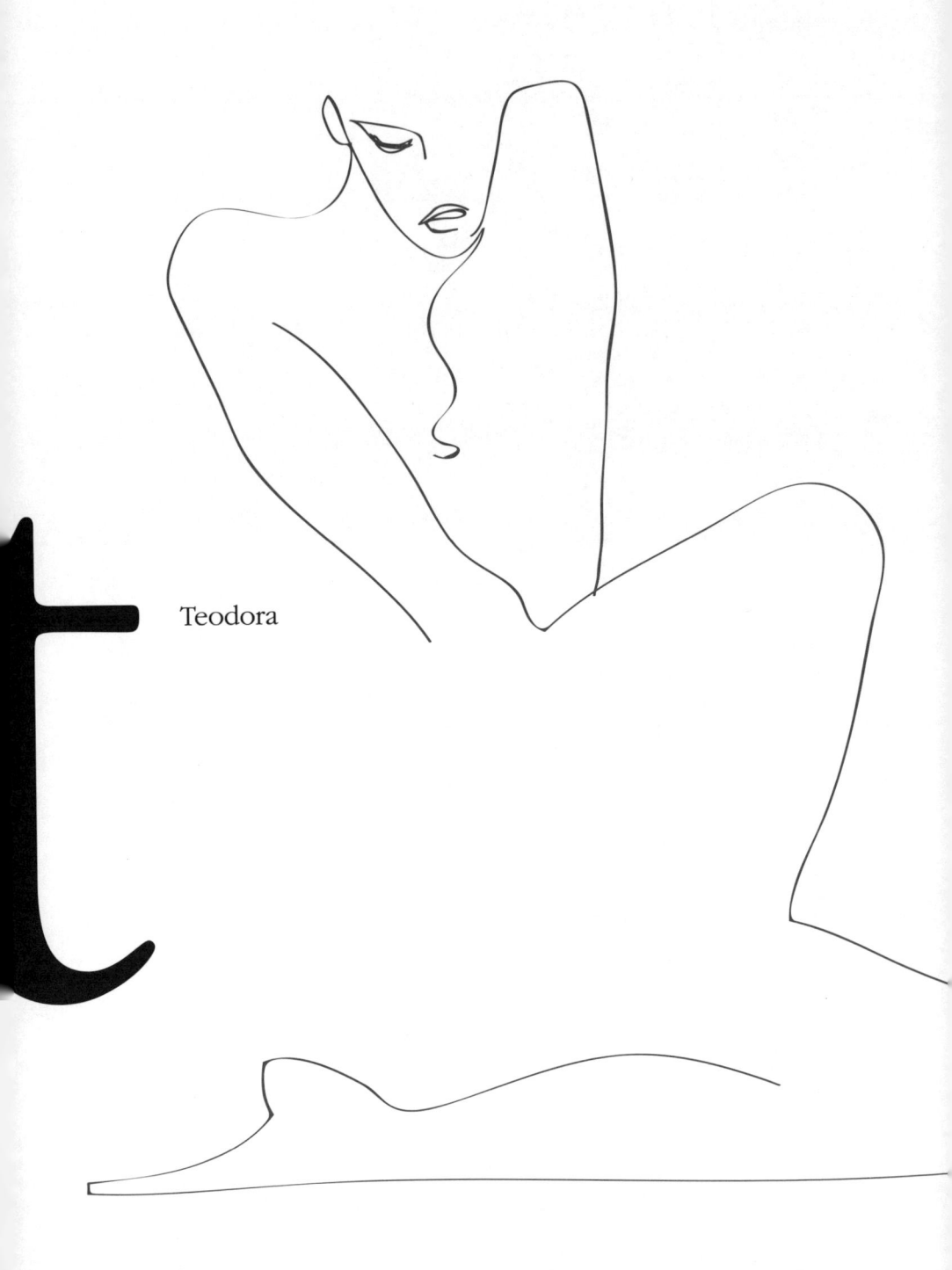

Mensagem no celular: quero comer teu rabo.

Usar o número, editar: assado ou cozido? Enviar para ID há tempos devidamente conhecida por mim.

A tecnologia pode desencadear imprevistos desagradáveis. Imagine encaminhar uma mensagem equivocada e virar alvo de intriga internacional.

Se errar o destinatário, pode-se estar repentinamente em maus lençóis. Já pensou? Sem querer, escolhe-se o número errado da agenda e pronto, já foi. Vá se explicar depois. No mundo moderno a intimidade é quase pública: passa pelo satélite, pode ser rastreada, gravada, ir parar na web...

A privacidade dos amantes pode se escancarar de uma hora para a outra. Sabe aquela clássica fugida para o motel? Não se sabe bem como virou um filme na mão do detetive da patroa e consta agora do processo que está na mão daquele advogado chave de cadeia. Sabe como ele se referiu ao caso? O termo foi filé-mignon, grana alta, fácil, faturada sem grandes preocupações. Coisa típica de imbecil que deixa pistas e ainda acha que é esperto. Raras vezes uma trepada saiu tão caro!

Investigar a caixa de mensagens do parceiro pode surpreender os atrevidos que não desistem de procurar encrenca. Quem não tem curiosidade sobre a vida alheia? Todos somos um pouco voyeurs. Basta iniciar uma conversa sobre comportamento pessoal e as comparações começam a ser feitas. Será que este casal tão discreto se revela entre quatro paredes e aquele com aspecto perverso é fogo de palha? O que aquele Apolo viu na namorada sem graça? Ela só pode ser boa de cama ou ele precisa urgentemente de um oculista. O cu o quê? Um off talmologista, valeu? Uma especialista que receite lentes para acertar o foco. São centenas de mulheres dando sopa por aí. Que coisa mais antiga dar sopa...

Gente bonita demais é problema na certa. Assédio não falta, até para um chinelinho velho há pés dispostos a calçá-lo. Sem brincadeira: o mercado está sendo disputado a tapas. Será que ele está com esta bola toda? Cão que ladra não morde. Nem tudo que reluz é ouro. Tem certeza que mais vale um passarinho na mão do que dois voando? E esta história de que quem ri melhor é quem ri por último? Deus realmente ajuda quem cedo madruga? Coitados dos que trabalham à noite...

Mensagem no celular: Temperado.

Responder: Apimentado?

Pensar em sexo é como escolher ingredientes para um jantar sem ter que fazer compras em qualquer supermercado. Basta a própria cabeça e um pouco de criatividade. Vale perfumar o quarto com essências, será que ainda tem alguma por aqui? Pode-se despetalar rosas sobre o leito, sem exageros, para que não fique com cara de velório. Velas nem pensar neste calor. Compartilhar um chá gelado afrodisíaco? Canela, casca de abacaxi, flor de lótus, serve tudo aquilo em que se acredita. Ou vai dar um desarranjo? Contanto que não dê o efeito contrário, tudo bem.

Mensagem: À mexicana.

Resposta: Serve baiana? Estou dando corda e nem tomei banho ainda. Melhor começar pelo básico feijão com arroz e ver se não vamos acabar comendo caviar. Nunca se sabe, potencial existe, dá tempo de passar um esfoliante nos pés e nos cotovelos. Esta história de comer rabo é para quem está morrendo de fome. Será que ele está falando sério? A mulherada anda dando o cu assim, logo de cara? Diz que é para não engravidar. E os anticoncepcionais, para que servem? Vou colocar o diafragma e me garantir. Onde guardei o espermicida?

Não consta em nenhum anal a obrigatoriedade de se fazer nada contra vontade, muito pelo contrário, quanto mais vontade, melhor! Curiosidade eu tenho, quem sabe com um lubrificante, tem manteiga na geladeira para o último tango em São Paulo mesmo.

Mensagem: Serve tudo.

Resposta: Sem dúvida.

Criar uma atmosfera sensual sem gastar uma fortuna? Lembra que o barato às vezes sai caro. Melhor caprichar, reservar o final de semana na praia ou o chalezinho na montanha. Isto não é gasto, é investimento, vai voltar com juros e dividendos na moeda do prazer de sentir-se vivo, reconectado com a natureza simples, essencial e sexual. Onde guardei aquela reportagem das pousadinhas?

Mensagem: Imprevisto, hora extra, chefe no pé, fodeu!

Sem resposta. O que dizer para um filho da mãe que se excita mandando mensagens engraçadinhas para te deixar stand by e sai correndo para a casa da esposa, assim que ela se mostra disposta, em troca de um bom acordo e de uma boa quantia mensal?

Só mandando tomar no cu mesmo. A questão é que amanhã vai vir chorar no meu colo e lamentar o ocorrido. Conheço o perfil do casal: cara paizão com pinta de malandro encontra vigarista parideira disposta a infernizar a sua vida. Assinam contrato de convivência e vivem infelizes para todo o sempre.

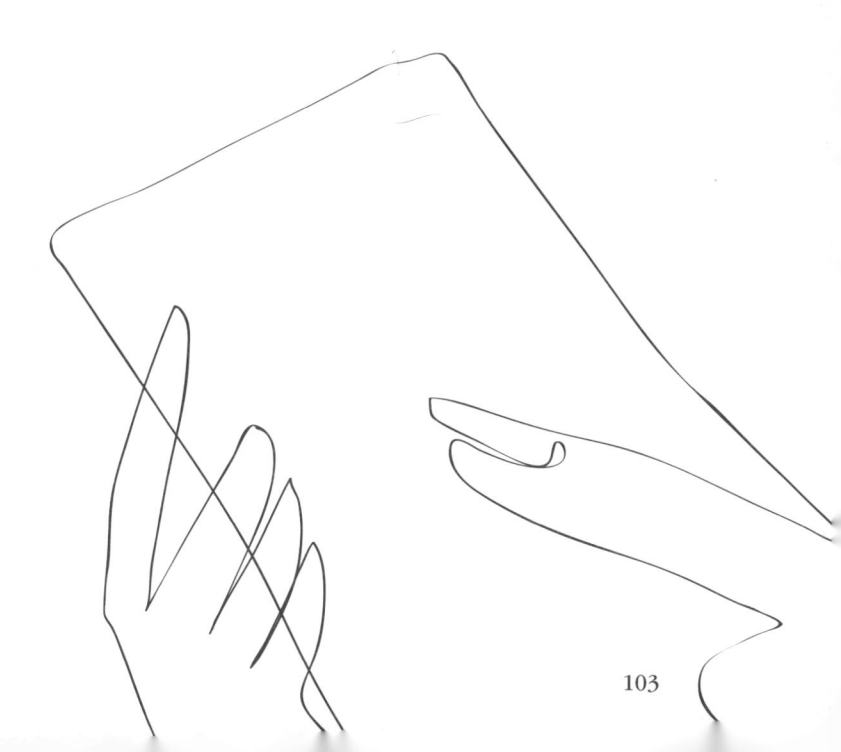

u

Ursula gulosa

Em certas ocasiões, não há melhor assessor do que o amigo gay. Nascemos no mesmo ano e, além da mesma safra, compartilhamos o signo zodiacal.

Marcamos um happy hour para matar a saudade, como se isso fosse possível. Conhecidos há mais de vinte anos – óbvio que ele não faz este tipo de conta, meio hippies, meio intelectuais. Quando jovens, tínhamos certeza da diferença que faríamos no cenário da novíssima aldeia global. Rolling stones, vestimos a mochila e saímos movidos pela insatisfação geral, cada qual para um canto, ângulo, sonâmbulos em busca de experiências.

A conversa ia solta, em plena atualização obrigatória dos arquivos de affairs: muitas desilusões, poucos entusiasmos. De repente, sem inibição, tomou coragem e não poupou críticas a meu respeito.

– Teu cabelo está parecendo um escovão de chão. Necessita urgente de uma hidratação intensa para soltar os cachos. Uma variação no corte também não cairia mal, de preferência algo mais contemporâneo e, já que vai investir, troca a cor e arrisca em tons que puxem para o Borgonha.

Realçar minha pele clara e ainda bastante firme era o objetivo. Achei um absurdo todas aquelas observações repentinas e retruquei:

– Homem gay não é digno de confiança.

O argumento sobre deixar as mulheres feias para diminuir a concorrência foi recebido com elegância, o sujeito era fino demais para cair em armadilhas baratas. O fofo soltou uma gargalhada:

– Nenhum homem é digno de confiança.

Que agressividade gratuita! Meu companheiro era digno de toda confiança e eu colocaria a mão no fogo por ele.

– Quem brinca com fogo pode se queimar.

Falava como amigo e esperava que eu o levasse a sério, tomando providências logo cedo no dia seguinte

Depois de uma década, a conversa fluía regada por vários copos de boa cerveja. Dei um gole para ajudar a engolir aquelas verdades.

– É raro uma mulher gostar de tomar cerveja, sabia?

– Devem achar que engorda.

– Pesquisas apontam para o fato das garotas não acharem sexy segurar um copo de cerveja. Fica mais bonito um coquetel, um copo de vinho...

– Estou mais para traseira de caminhão: "As mulheres perdidas são as mais procuradas".

– Não se trata disso, meu bem. É uma questão de marketing pessoal, da ideia que se passa para o outro.

– Você sabia que "a mulher que andou na linha o trem matou"?

– Tinha esquecido que é quase impossível falar sério com você. Só sei que "teu corpo tem mais curvas que a estrada de Santos", sempre foi provocadora e agora esta aí desesperada, pensando até em fazer "amarração para o amor" com a macumbeira de plantão, que prega o telefone no poste da esquina.

Criticou minha roupa larga, a ausência de perfume, o chinelo desbotado. Fiquei ouvindo as maiores barbaridades até que abri os braços, pronta para a crucificação. Aí então, ele desandou a falar sobre a mulher inteligente que apela para a fragilidade quando lhe convém. Só faltava ameaçar chorar, disse ele.

– Em vez de chorar, faz um self service! Custa pintar as raízes do cabelo e não deixar esta faixa branca ridícula?

Promessa feita, foi o que fiz. Radicalizei como há tempos não fazia e me senti revigorada e feliz. Pronta para experimentar o admirável mundo novo que permanecia o mesmo, apenas mais cruel em termos de aparência. Se um encontro com o "mago das tesouras" pode mudar suas perspectivas, o que não pode fazer uma dieta à base de alimentação saudável e uma disciplina de exercícios? Foco sempre me faltou na questão estética. Parece que o preconceito era evidente: mulher muito arrumada quer compensar a falta de inteligência. Mas não era nada inteligente esconder meus pensamentos atrás daquele cabelo desbotado e da cara pálida sem nenhum batonzinho sequer. Abusei do crédito concedido pelos bancos àqueles que já ralaram bastante e promovi uma reforma geral no visual.

    Por que fui me envolver com alguém tão esbelto, que pode comer e beber de tudo sem perder uma roupa sequer? Porque geralmente procuramos no outro aquilo que nos falta. Mito da completude. Sem dúvida, sua figura longilínea me agradava. Sempre que julgo alguém interessante, noto que é parecido com ele. Sua teimosia é que não cai bem. Apesar da idade de risco, da pressão, açúcar e colesterol alterados, age como se fosse um garotão em plena forma.

    Não quero perdê-lo, nem me transformar em sua enfermeira de plantão. Vivo pedindo para que não abuse do álcool, não coma frituras e pratique o mínimo de exercícios. Uma chatice! Na verdade, esta seria uma ótima receita para mim. Nas férias, vou para um spa. Quem sabe encontro um gordinho charmoso que não reprove minha figura roliça, goste de cerveja, com quem eu não me sinta constrangida por estar acima do peso ideal e possa brincar de comer docinhos escondidos, sem culpa. Seria a solução perfeita para os meus problemas crônicos de balança. Dá preguiça só de pensar em reiniciar a dieta. Meu corpo memorizou um peso que só baixa com muito sacrifício. Nada mais prazeroso do que ceder a uma tentação.

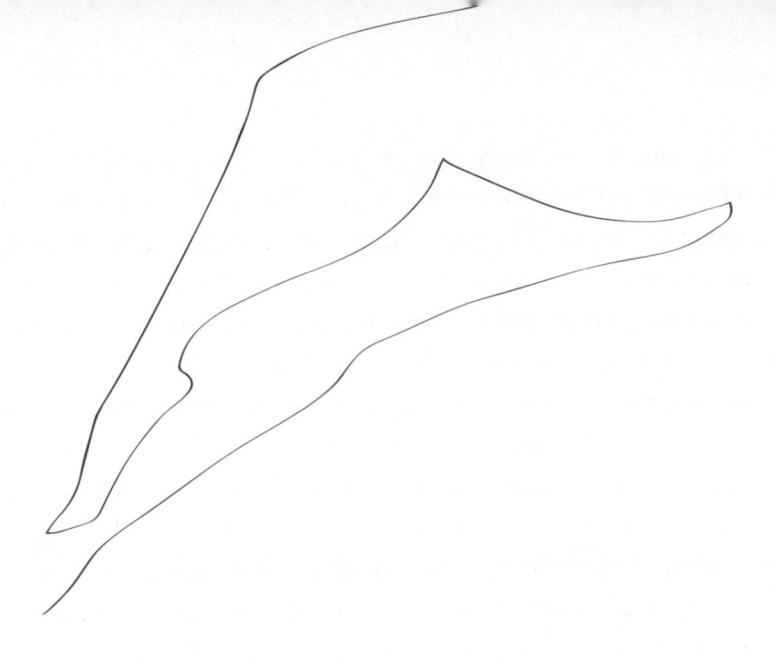

Convidei o amigo boiola para sair novamente e, para surpreendê-lo, marquei encontro em um lugar da moda. Ele a-do-rou! De cara perguntou:

– Ele está mais animado? FGTS – foda garantida toda semana?

Confirmei a melhora de desempenho do meu bofe e soube que ele o havia visto, antes do nosso primeiro encontro, passeando em um shopping center, acompanhado por uma jovem.

– Pensei que fosse tua filha, mas vi que a intimidade era de outro tipo.

Resolvi fechar a conta e ir arrumar as malas para algum destino que eu resolveria sem borrar a maquiagem.

– Calma, retrucou o macho que queria ser fêmea. Se deixá-lo disponível, vou atacar. Não é de hoje que aquele violoncelo no meio das pernas me excita. Um PA – pau amigo desses, a gente não dispensa por bobagem.

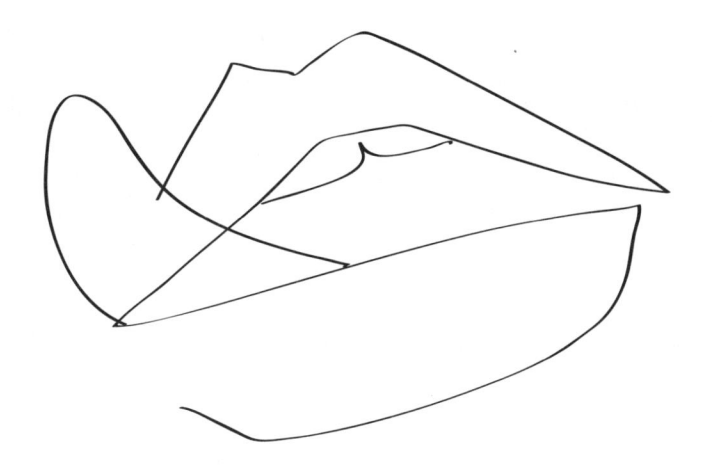

Valquíria e Chocolate

– Gosto quando alguém está assim louca para dar, disse o macho com olhar molhado, brilhante e caralho desnudo e quente naquela inesquecível tarde de verão. Ele tentava adiar a penetração tão desejada o quanto podia para deixar-me ainda mais ansiosa por aquele membro escuro, de veias aparentes e que ficava fabuloso saltando do corpo como uma bandeira hasteada prometendo um rio de gozo e prazer.

Estávamos de férias na praia e lembro detalhes daquele encontro. Logo ao acordar naquele dia senti uma sede enorme, meu corpo parecia estar ressecado e tive vagas lembranças de um sonho bom, indefinido, em que eu caminhava, pés descalços, sol baixando e deixando um rastro de luzes alaranjadas no horizonte...

Tomei apenas um suco de frutas, uma ducha morna e passei hidratante calmamente em frente ao espelho, começando pelas pernas que me pareceram bem torneadas, subindo pelas nádegas que encheram minhas mãos, acariciando os seios pequenos e, chegando ao pescoço, percebi que não havia nenhum ponto de tensão acumulada. Vesti o velho biquíni desbotado e amarrei displicentemente uma túnica transparente na cintura. Parecia estar mais jovem, com um leve bronzeado, os cabelos soltos e naturalmente clareados pela maresia. Eu tinha me excitado durante toda a manhã na praia, quando o sol lambia de leve os bicos dos meus mamilos e enviava calor diretamente para o meio das minhas pernas, despertando o sexo que havia adormecido preguiçosamente durante semanas. O ritmo do quebrar das ondas engolidas pela areia soou sensual de tal maneira que iniciei uma série de contrações voluntárias no baixo ventre em um dueto imaginário, como em uma clássica canção de jazz, onde a improvisação livre dos intérpretes cria novos desenhos melódicos sobre harmonias tradicionais. Eu ouvia o mar de forma diferente e uma leve vertigem deslocou a linha do horizonte para bem perto de mim, estendida na cadeira reclinada.

Precisei tomar uma ducha fria antes do almoço. Pedi moqueca de frutos do mar e cheguei a lamber as pontas dos dedos que ainda guardavam os temperos e aromas dos mexilhões, lagostins, pedaços de polvo e outras indecifráveis delícias.

– Fica de quatro, eu quero montar em você, pediu o cavaleiro despojado de armadura e pronto para o ataque com sua lança rígida que não assustava, antes causava inveja e respeito.

Mais de vinte anos de casados, filhos na universidade, carros na garagem, saldo na conta bancária, era hora de trepar sem nenhum tipo de preocupação extra, sem discutir a relação, sem medo de engravidar, com experiência acumulada e intimidade garantidas pela grande cama de casal disponível na suíte da pousada à beira-mar, com vista privilegiada para o coqueiral e varanda com cortinas brancas que não resistiam e se entregavam bailando àquela brisa suave e constante. Ele dispensou a sobremesa, imerso no frescor do vinho branco que acompanhou seu peixe grelhado, assinou a conta indicando o número do chalé e, sem reparar em mim, foi dormir para fazer a digestão.

Meu rosto estava quente e parecia refletir a temperatura elevada de todo o meu corpo tesudo, febril. O caiçara veio recolher a mesa, eu tentei disfarçar minha frustração em restar ali sozinha com um sorriso cortês de gente bem educada que agradece bons serviços. Meu comportamento, porém, denunciava certo nervosismo. Cruzei as pernas e acendi um cigarro. Imediatamente o moreno me trouxe um cinzeiro pequeno de barro. Será que notou meu pulso acelerado? Não consegui desviar o olhar e percebi que ele também tinha os olhos fixos em mim, como se me reconhecesse de tempos remotos, ele poderia ser meu filho, novo, carne fresca, sem vergonha. Já tinha reparado nele, era o mesmo que estava jogando futebol na praia ao cair da tarde de ontem. De repente, lembrei parte do sonho da noite passada. Eu apanhava a bola na areia e entregava para um jovem que estava de costas, calção baixo, despudorado, com rego à mostra. Não vi bem a fisionomia do garoto que talentosamente driblava o adversário em direção ao gol, mas notei seus pentelhos escuros, rebeldes. Coincidência ou previdência, ele estava ali na minha frente, atencioso, perguntando se eu desejava mais alguma coisa. Desejo você dentro de mim, pensei, desejo a beleza e o vigor da juventude, desejo saber se podemos sair daqui correndo, mas respondi apenas... Não, obrigada.

– A madame é gostosa demais, perfumada e macia. Vem por cima, brinca com meu pau, pega, se esfrega, lambe, senta.

Todos os hóspedes desapareceram, ele sumiu com a bandeja e voltou sem uniforme, parando no balcão bem à vontade, com o cabelo raspado, tatuagem no braço e com seus pés enormes na velha sandália de dedo. Seu olhar agora me atraía e deixava nua.

Levantei, passei a língua pelos meus lábios carnudos e secos e fui direto até ele, louca e suada, já sentindo o gosto salgado do beijo anunciado que eu iria dar no seu pescoço, sem sequer saber seu nome ou sobrenome. Ele sorriu e entendeu tudo: enfiou as mãos grosseiras na fenda da minha túnica e me deixou molhada, aberta, disposta a segui-lo até o fim do mundo que ficava ali mesmo, atrás da cozinha, quartinho abafado, cheirando a peixe, com rede de pesca estirada na entrada da porta e com esteiras de palha cobrindo o chão de terra batida.

– A dona é clarinha e gosta de neguinho. Geme assim que eu gosto, pode gritar, morder, matar sua sede. Tá bom aqui, num tá?

As várias sonecas do maridão durante aquela semana me propiciaram sobremesas com o mais puro chocolate. Fiquei viciada. Além de não engordar, ajudou a manter a forma.

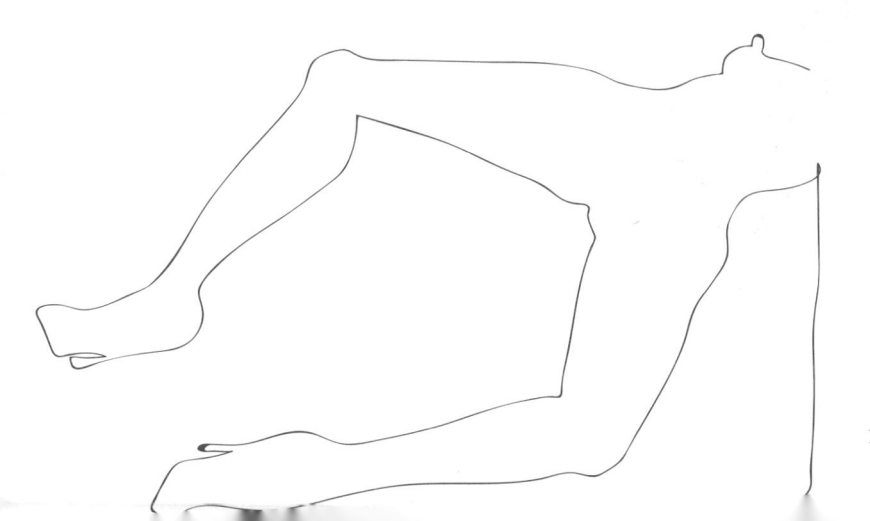

Wanda executiva

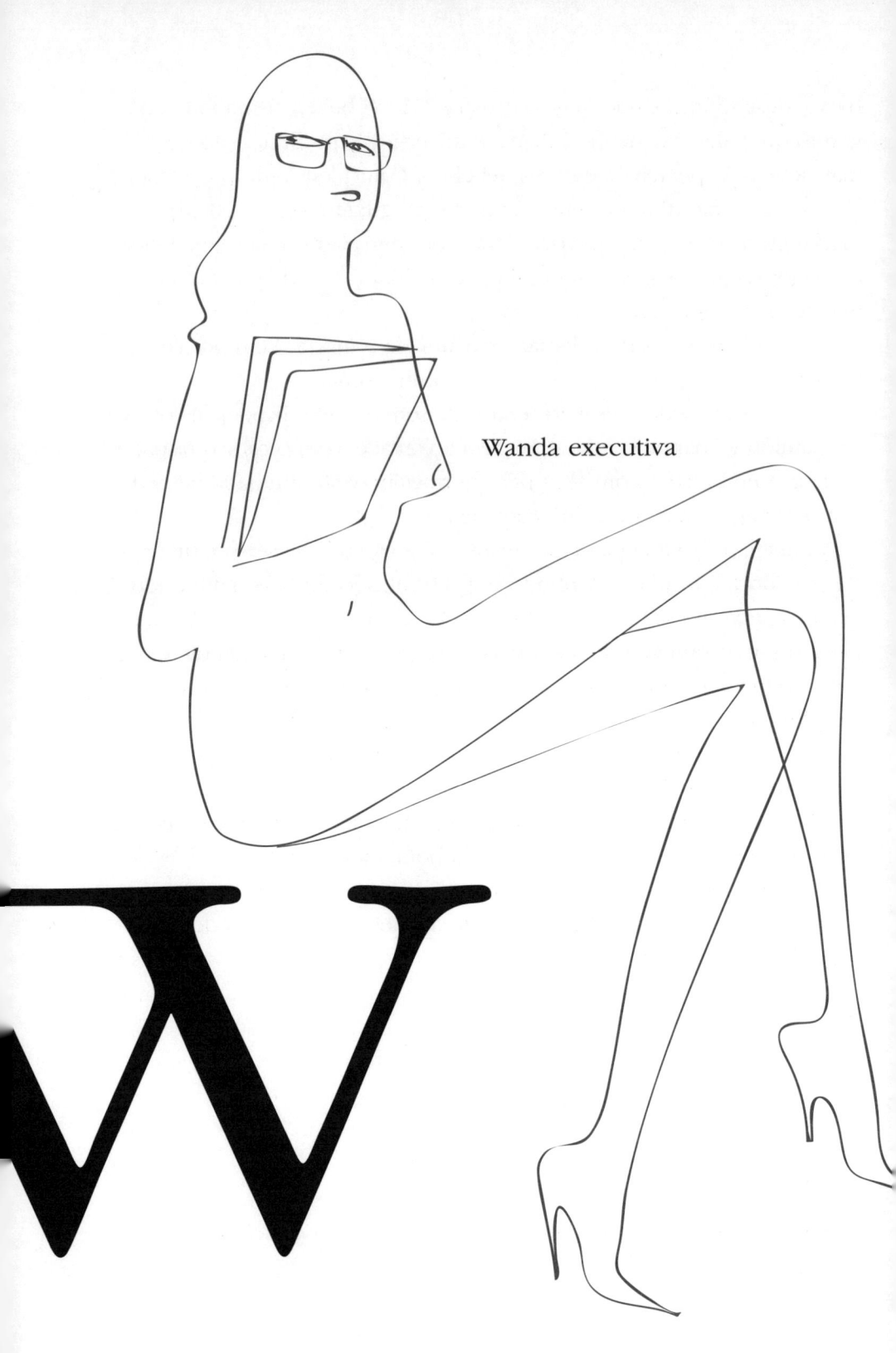

W

114

Ar parado, agenda lotada, vidraças fechadas no amplo escritório clean bem decorado, decisões estratégicas a tomar, prédio inteligente com temperatura controlada, iluminação fria, e-mails urgentes, corpo ardente, ligações a retornar.
– Almoçamos juntos?
– Só se for para te comer.
– Pensei em algo leve.
– Eu também, sua lingerie me agrada sempre.
– Estou falando sério.
– Sexo só levado a sério.
– Sem brincadeira, nos encontramos à uma?
– Daremos uma especial, nem que seja rapidinha.
– Não dá para falar mais.
– Nem é preciso, negócio fechado, mesma hora e lugar. Quem chegar antes, enche a banheira e pede o vinho.
– Melhor champanhe.
Relatórios minuciosos, sapato com salto agulha e bico fino, análises financeiras detalhadas, perfume suave e marcante, fusão de empresas, lábios carnudos e vermelhos, investimento seguro, roupa de grife discreta, benefícios seguros a médio prazo, meia de seda fumê com risca de giz.
– Não poderei ir, tenho reunião às duas, você sabe.
– Eu sei, é comigo.
– Melhor não misturar as coisas.
– Com certeza, não fico bem de vestido e gravata é incômodo, pode acreditar.

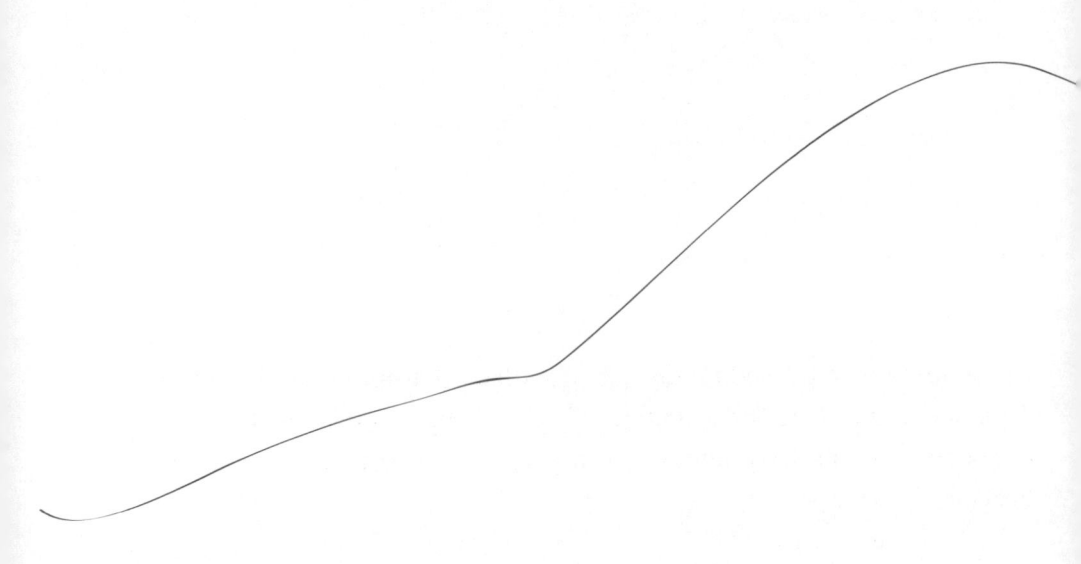

– A decisão já está tomada.
– Estou ligado na tomada, saindo faísca.
– Você vai me rejeitar se o negócio não for concluído.
– Vou te matar se você não aparecer.

Carro disponível, suíte reservada, motorista dispensado, possível chuva à tarde, câmbio automático, semáforo verde, motor possante, hotel estrelado em frente ao parque, corpo atlético, estacionamento subterrâneo, bom dia, aqui está sua chave, safado bem dotado, cobertura, tem bom gosto, música ambiente, tem pegada, flores e frutas sobre a mesa, sedutor, lençóis de algodão egípcio, cheiro másculo, ventilação natural, barba bem feita, mãos grandes, alta quilometragem rodada, toalhas felpudas sobre a cama, sensual, sensacional.

– Relaxa, entra na água comigo, vou encher sua taça.
– Vive la France.
– Voilà.
– Vou ter saudade destes almoços.
– Aproveita e goza.

Língua afiada, humor na medida certa, gentileza e força adequadas, me carrega para o leito como rainha, suga meu pescoço como um

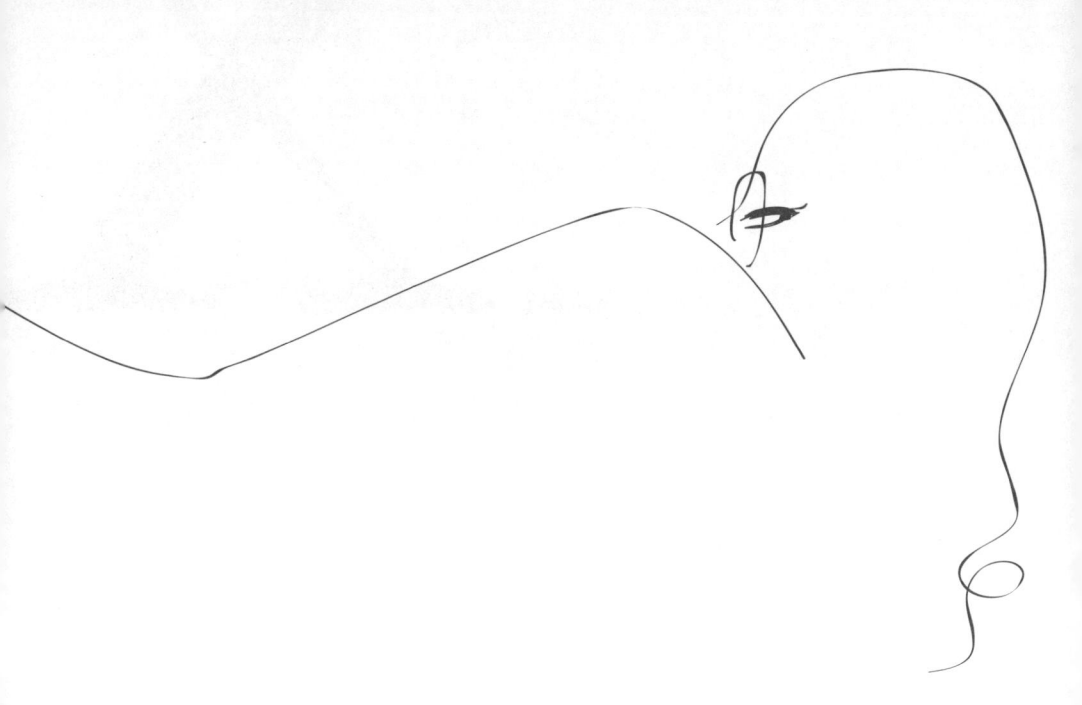

vampiro e vira e mexe e põe e tira e me faz gemer por querer mais e lembra que está na hora de voltar ao expediente e que não posso me atrasar, pois tenho negócios importantes a concluir.
– O processo de fusão foi suspenso.
– Sério?
– Sexo e negócios não se misturam, te avisei.
– Nosso caso veio à tona?
– Eu mesma relatei ao presidente.
– Por quê?
– Porque sou fêmea e você é macho, como ele.
– E não é bom o suficiente entre nós?
– Os dois são ótimos, no sexo e nos negócios.

X

Xênia, a loba

Vou falar de um dia em que não há nada a ser feito e que não precisa ser feriado, onde não há nenhum motivo para levantar da cama: não há reuniões marcadas, não sinto fome nem vontade de tomar banho, de pentear os cabelos, onde estou só com aqueles pensamentos soltos que invadem a mente e me fazem sentir pior do que qualquer um na face da terra. Uma caminhada no parque? Parece tarefa para heróis homéricos. Se o telefone tocar, vou esperar para ouvir a voz na secretária eletrônica e ter certeza que é ele antes de atender. Nada de demonstrar ansiedade em voltar a vê-lo. Bobagem, não é mais hora de fazer joguinho de gata e rato, mostra logo que você é uma cadela no cio que não vale nada além do seu peso em carne e osso. Não quer ouro a não ser o dos seus cabelos, não deseja diamantes a não ser os do seu olhar, quer apenas o seu sangue e sêmen hidratando seu deserto interior.

    Por que ele gostaria de voltar a falar comigo que nem suporto a mim mesma? Como fiquei assim tão desinteressante, como cheguei a este estado de desânimo? Preciso fazer xixi. Ainda bem que mulher faz xixi sentada, me sinto cansada, o corpo pesa, demoro a levantar do vaso. Por que não dizer privada? Vaso me parece mais apropriado para flores do que para bundas. Já que levantei vou escovar os dentes, esta cara amassada evidencia ainda mais os pés de galinha. Que horrível esta expressão, só me falta ficar com bico de papagaio e olho de peixe. É foda envelhecer com dignidade, correr atrás do atraso já é desvantagem, não havia necessidade de fazer ginástica aos vinte anos. Agora entendo o que são atitudes preventivas. Não tenho mais aquela disposição, aquele pique de passar a noite em claro e encarar direto várias aulas de faculdade, discussões em grupo, organogramas pesados, prontidão para seja lá o que vier. Hoje demoro dias para me recuperar de uma esticada leve, mais de uma caipirinha sem açúcar me deixa mole, chego a dormir na volta para casa de táxi e não me submeto mais à tortura de dirigir quando saio à noite para me divertir. O melhor é não enrolar, calçar o tênis, caprichar na camada de filtro solar e sair dando passo depois de passo, não se deixar consumir pelo bicho preguiça. Não esquece de alongar um pouco, espreguiçar, amarrar um rabo de cavalo, de novo referência ao animal que se é e que queremos negar. Repara bem no olhar de tigresa que finalmente acordou. Ele só tem meu telefone fixo, idiota a atitude de não ter dado o número do celular, achei que seria facilitar muito o acesso à minha pessoa. Devia estar alterada demais para pensar uma imbecilidade dessas nos dias atuais.

Eu teria que usar minhas armas secretas para poder aplaudir novamente aquela escultura que salta do corpo do macho em uma exposição particular que enche os olhos, cora a face, saliva a boca e arrepia a pele?

Um homem de pinto mole é deprimente para a mulher que deseja encantá-lo. Gostamos de despertar o desejo que se faz visível e às vezes é necessário usar toda estratégia. Mas ele parecia interessado naquela garota jovem e vou ter que decidir se me faço de tonta ou se aproveito a situação em benefício próprio. Como é aquela frase que diz que se você não pode vencer o inimigo, o incorpora? Vou aguardar até amanhã, ele vai ganhar a chance de tomar a iniciativa e partir para a caça. Senão parto eu para o ataque, fica decidido assim. Valquírias, amazonas inexoráveis que não duvidam da eficácia das suas ações. Que tal lembrar dos rituais das bacantes movidos a vinho, música e dança? Vinte minutos de aquecimento, aperto o passo, já com a frequência cardíaca ideal para queimar as calorias extras dos excessos da noite passada.

Penso nos termos cabalísticos: as almas dos homens originam-se do mundo da transcendência divina; enquanto as almas das mulheres originam-se do mundo da imanência divina. Transcendência é a qualidade divina de estar mais além; a imanência é a qualidade igualmente divina de estar presente. O sexo é a expressão máxima da união entre os dois mundos: de imanência e transcendência. Não é pouca coisa unir um homem e uma mulher – dois opostos tão diferentes como céu e terra, coração e mente, teoria e prática. A força da alma masculina é a distância que permite a objetividade...

Completo uma hora de caminhada e me sinto outra, ouço as mensagens e lá está a sua voz grave e sexy me convidando para tomar um vinho e continuar a conversa agradável. Só se for no gargalo, penso eu ao discar direto para o seu celular e confirmar o encontro para esta noite. O silêncio só será rompido se houver algo mais importante do que ele a ser vivenciado. Estou determinada a exercitar a quebra da angústia que faz as mulheres falarem demais. Não vou querer saber tudo a seu respeito no primeiro encontro, não vou desfilar meus ex nem tampouco imaginar a vida cor-de-rosa daqui para frente. Vou viver o presente e saborear o encontro. Não vou perguntar nada sobre aquela jovem que pode até vir a compartilhar nosso leito um dia, quem sabe...

Não se precipite, respira fundo. Que tal se esparramar na banheira e decidir o que vestir? Qual será sua cor predileta? Sandália baixinha com dedos à mostra ou um escarpim de bico fino e salto alto? Devo parecer mais clássica, já que ontem estava totalmente esportiva? Para não errar, o melhor é optar pelo menos é mais. Nada de acessórios estilo árvore de natal, pouca maquiagem, vestido na altura do joelho, um tipo feminino sem afetação, ciente do privilégio de poder insinuar com graça. Não é preciso sair de barriga de fora, não tem por que competir com a juventude. Agradeça de coração a este corpo maravilhoso que te carrega há tantos anos, aceite o fato, use e abuse da sua experiência e siga em frente com seu sutiã antigravidade, sua calcinha charmosa de pressão controlada para barriga e nádegas. Afinal, você pretende se livrar de todos estes artifícios e ficar nua, não é? Sem pânico, sem medo, sem estresse. Se ele quiser aprender, você é a mestra ideal. Que outras tenham esta habilidade é indiscutível, mas ele gostou de você e isso não é acaso. Sorte ter te encontrado, destino e livre-arbítrio não estão em discussão e você não vai sofrer quando ele, treinado e graduado com louvor, for provar seus méritos de amante com a namoradinha no motel, gastando a mesada dada pelos pais, não é?

Y

Yara no shopping

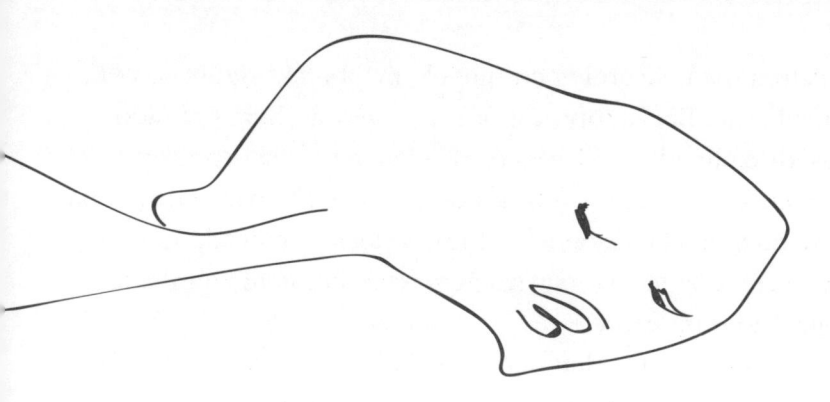

O passarinho verde me contou que ela resolveu ir ao shopping para providenciar um presente de aniversário em plena segunda-feira à tarde. Havia várias lojas exclusivas de artigos masculinos, todas vazias. Depois de correr os olhos por algumas vitrines tradicionais, decidiu-se pela vanguarda e pelo vendedor mais charmoso que, percebendo sua intenção de comprar, caprichou no sorriso e nos salamaleques, além de esmerar-se em mostrar as novidades. Ela gostou da linha de camisetas estonadas, afinal a vida não era só trabalho, todos precisam relaxar de vez em quando.

– Sabe qual a numeração dele?
– Não tenho a mais remota ideia. Que número você usa?
– Uso M.
– M? Não parece, então acho que devo levar o G, porque ele é um pouco mais alto e forte. Não sei, estou em dúvida. Pensando bem, você pode colocar sobre seu tronco para eu ter certeza?
– Claro, inclusive gosto muito desta cor e tenho uma muito parecida. Bom gosto o seu e sorte de quem vai ganhar. É seu namorado?
– Não, é meu irmão. Esta cor realmente te cai muito bem, combina com os seus olhos azuis. Os dele são castanhos, que tal a preta?

Ambos estavam de frente para o espelho grande, no canto da loja, entre os sofás de apoio com várias peças de vestuário esparramadas sobre eles. Abstraindo bem, poderíamos dizer que o cenário era parecido ao de um quarto de motel em que amantes se despem apressados jogando roupas por todo lado. Ela chegou mais perto, passou a mão em volta de seu corpo atlético, admirando a camiseta e a musculatura daquele abdômen que ele mantinha orgulhoso com horas de malhação. Era do tipo esportista, contorno bem definido por treinos, disciplinado em horas de academia ou, mais provável, por jogar futebol de várzea nos finais de semana. Ele pareceu segurar a respiração quando ela alisou as dobras do tecido marcado que ressaltaram a sua boa forma, barriga zero, cem por cento alinhada, sem qualquer gordura extra.

– Ok, vou preferir esta. Meu marido vai ficar com ciúmes, talvez eu deva levar algo para ele também. O que você acha?

– Você é casada? Como é o estilo dele?

– Moderno, independente, vai adorar ganhar algo inesperado. E você, gosta de surpresas?

O jovem ficou desconcertado com a pergunta. Enquanto mexia na estante de calças, não podia deixar de notar que ela olhava diretamente para os "seus documentos" mesmo atrás do balcão.

– Depende.

– De quê?

– Da surpresa. Há boas e ruins.

– Me refiro às boas, claro.

– Quem não gosta? Só sendo bobo.

De costas para ela, procurando variedades de artigos no estoque, ele parecia sentir que ela analisava seu traseiro, suas coxas, sua panturrilha, não fazendo a mínima questão de disfarçar seu interesse.

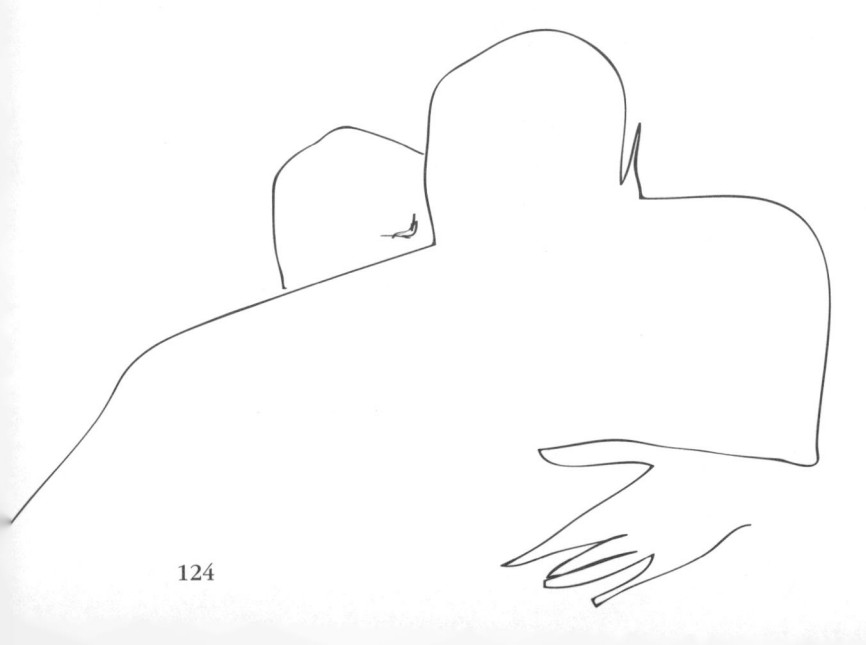

– Você é bobo ou esperto?
– Como assim?
– Sei lá. Eu poderia comprar mais algumas coisas, já que você não parece bobo e tem um corpo tão bonito.

Rapaz tímido aquele que achava que disfarçava sua vaidade de garanhão. Tinha prazer em ser o centro das atenções, mesmo corando de leve.

– Você acha?
– Com certeza. Prova esse jeans, me chama para ver se ficou bom. Já vi a aliança na sua mão direita e, se for de verdade, quem tem mesmo sorte é sua noiva.

Aquela era a deixa para a sua fala, como no teatro amador que praticava no colégio, tinha que saber o que dizer de cor...

– Sorte hoje, azar amanhã, vamos levando a vida. Quer vir ao provador comigo?

A coragem em convidá-la devia ser diretamente proporcional às contas que ele tinha para pagar no final do mês. Ela notou seu leve sotaque e pensou nele como um anjo barroco de cabelos enroladinhos, daqueles típicos altares no interior das igrejas mineiras.

– Quero. Não vai dar problema para você desaparecer um pouquinho? Não quero te prejudicar, muito menos que você perca o emprego.
– Claro que não, estou trabalhando e vou vender tudo o que for possível para você.

De repente o anjo guardou as asas e, humano mortal, cedeu às tentações primárias da raça.

– Bom, estou disposta a comprar o que você tiver de interessante para vender. Nada muito requintado, de preferência.
– Só o básico, já entendi.

Ele aproveitou a oportunidade única de sucesso naquela tarde e escolheu um belo trench coat da coleção de inverno, caríssimo, inspirado no velho e bom estilo irresistível de Humphrey Bogart.

Meia hora depois, no caixa, com meia dúzia de peças na mão, ele comentou que Casablanca era um dos seus filmes preferidos.

Safadeza baixa, comissão alta, quem nunca pecou que atire a primeira pedra.

– Você tem cadastro conosco? Ela achava um absurdo esta história de cadastro, uma vez que iria pagar com cartão de crédito e era problema da administradora autorizar ou não a transação. Não reagiu, estava "nas nuvens", e queria prolongar ao máximo aquele bem-estar.

– Creio que sim, quer checar?

– O telefone e o endereço continuam o mesmo?

– O telefone mudou.

– Vou atualizar agora mesmo. Posso te ligar para avisar de alguma promoção?

– Vocês fazem isso? Que gracinha, adoraria renovar o guarda-roupa inteiro de toda a família, mas estou de mudança e vou passar um bom tempo fora do país.

– Sério? Uma cliente tão especial como você não se encontra todos os dias.

Ela agradeceu muito a atenção dispensada, disse que ele havia sido muito gentil e que iria recomendá-lo para algumas amigas que também adoravam fazer compras naquele shopping.

Ele acompanhou-a até a porta, entregou as sacolas e desejou boa viagem.

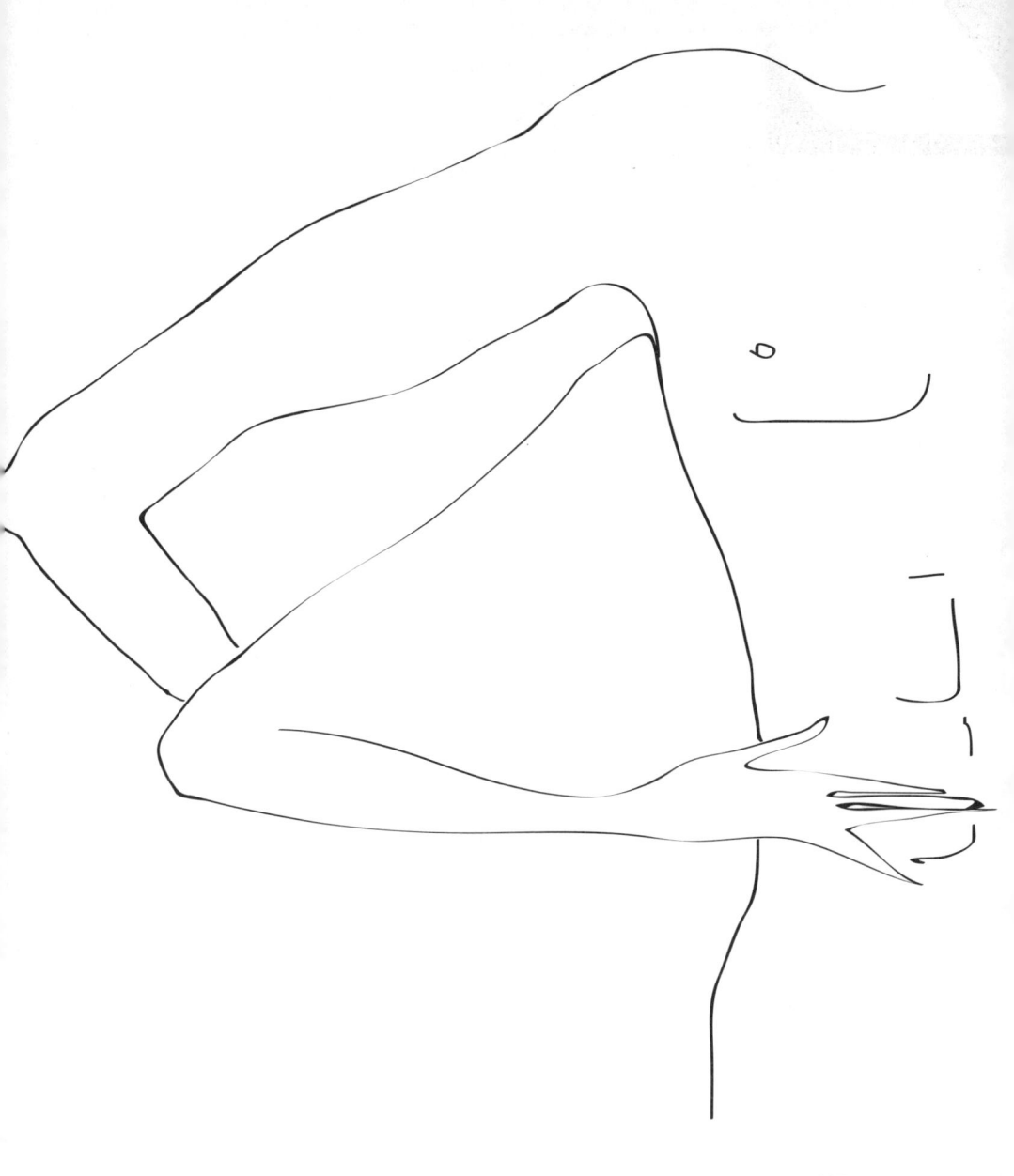

Z

Zoraide au restaurant

– Vocês têm reserva para esta noite?

Sem reservas de nenhum tipo, eles haviam programado tomar um Sauvignon blanc francês da adega particular do casal naquela noite quente. Escolheram aquele restaurante estrelado justamente porque sabiam que poderiam trazer a garrafa ideal para a ocasião, previamente gelada em casa e que não constava da carta de vinhos do local. Essas são pequenas regalias permitidas a conhecedores que não devem abusar da gentileza e utilizar uma dose de bom senso, o que diferencia a maioria dos seres humanos.

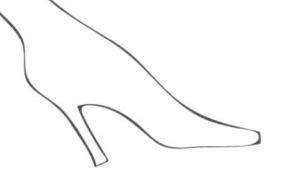

Mademoiselle sorriu e indicou as poucas mesas que, por sorte, ainda estavam livres. Entre as tables disponíveis, o senhor escolheu a pequena no canto do salão e foi atendido, bien sûr. Foram acompanhados formalmente até os seus lugares. Ele ficaria sentado com a parede às suas costas, tendo uma visão panorâmica de todo o ambiente. A senhora, vestida com um chemisier de linho claro, ocupou a cadeira ao seu lado e sua bolsa Chanel o lugar vago, em frente. Devidamente acomodados, dispensaram o couvert e, como estavam sem os óculos de leitura, não quiseram ler o cardápio. Pediram apenas um dry martini ao sommelier que assegurou manter a temperatura ideal da bouteille de vin destinada a acompanhar o menu confiance do chef da casa, já comandado pelo casal. Eles desejavam ser surpreendidos pelo nouveau enfant terrible de la cuisine, revelação do ano na gastronomia e destaque frequente na mídia especializada. A cozinha de autor, quando entrega ao público suas criações verdadeiramente amorosas e inusitadas, constrói momentos inesquecíveis.

Um casal amigo já havia recomendado a casa e a expectativa era grande. Degustar era um tipo de vício para aqueles que apreciam o prazer em pequenas porções.

De entrada, monsieur pediu simplesmente que ela tirasse discretamente a calcinha. Ela atendeu devorando-o com os olhos. Não tinha paciência para alimentar este tipo de conversa e não era do tipo que inventava brigas para poder fazer as pazes logo em seguida. Conhecia bem as manias do companheiro e evitava aborrecê-lo. Após ter-lhe entregado sorrateiramente a peça negra, transparente e finamente rendada, assegurou-se de encobrir o objeto do desejo com o guardanapo engomado, aberto sobre o colo do seu parceiro que mostrava sinais de fome desenfreada. Ao tomar um gole do aperitivo, ele levou as duas mãos até seu rosto e enxugou os lábios com a fina lingerie envolta no assiette, guardando-a com cuidado, após afrouxar o cinto, dentro de suas calças de puro algodão cru.

Ela percebeu a ereção instantânea e o provocou com um movimento de língua lento, meticuloso, que circulava a borda do copo de cristal quase vazio em que restava apenas a azeitona verde.

– Você também quer que eu a tempere com meu perfume, mon cher?

Ele acompanhou em câmera lenta os movimentos da femme fatale que abriu o último botão de seu vestido abotoado na frente, descruzou as pernas, afastou os joelhos e, com o tronco ligeiramente tombado para frente, levou a semente fresca com a mão direita até seus grandes lábios secretos. Sem desviar os olhos, retornou com ela umedecida e saborosa e ofereceu a ele que a provou salivando e suando muito.

Quando o garçon se aproximou com os ceviches de entrada, perguntando se desejavam algo mais para beber, aceitaram água com gás para acompanhar o vinho que já poderia ser aberto. Ao notar que a senhora tinha os pés descalços e bolinava seu parceiro sob a mesa, o rapaz atrapalhou-se todo e tremeu na hora de executar o serviço. Deixou cair algumas gotas do precioso vinho nas coxas expostas da cliente e nas mãos de monsieur que as tinha metidas firmes entre as pernas de madame. Eles não se importaram com a falha e acharam até graça no descontrole do mocinho.

Simplesmente levantaram e dirigiram-se aos toilettes acompanhados pelo olhar da hostess que não os advertiu, antes se excitou, ao perceber que, imprudentes, ambos entraram no lavabo feminino.

Era preciso admitir a coragem daquele casal e a surpresa que suas atitudes causavam nas únicas duas pessoas, entre as tantas que ali estavam, que assistiam aquele jogo.

Ele, com certeza, não desperdiçaria as gotas de vinho que ainda deviam escorrer das coxas daquela mulher incrível. Umedeceria os lábios dela com aquele líquido e a beijaria, cravando com gosto seu cacete na vulva já dilatada, lubrificada, com passagem livre e desimpedida. Devolveria a contragosto a calcinha dela? Ela precisaria argumentar que a peça fetiche ajudaria a reter o rio de porra que ele tinha injetado dentro dela. Forraria a lingerie com as pequenas toalhas de papel absorvente disponíveis? O improviso era desnecessário, diria ele, a técnica ideal era espalhar bem aquele creme e deixar secar. Lavariam as mãos?

O lugar era povoado pelo espírito dos jovens, retornariam à mesa com aparência irretocável, mantendo a postura de depravados discretos.

Vieram os Saint Pierre com sauce de Fruit de la Passion e os desserts variados. Ela, antes melada e com a porra já seca entre as pernas, não pôde deixar de sugerir que era hora de voltarem a Paris. O garçom ganhou uma boa gorjeta, serviu o café e o liqueur sem problemas.

Chovia lá fora. Eles dispensaram o guarda-chuva oferecido pela hostess que os acompanhou até a porta onde aguardariam o táxi.

Imaginar para si um encontro como este passaria a ser uma das fantasias que colecionaria e que, um dia, gostaria de viver.

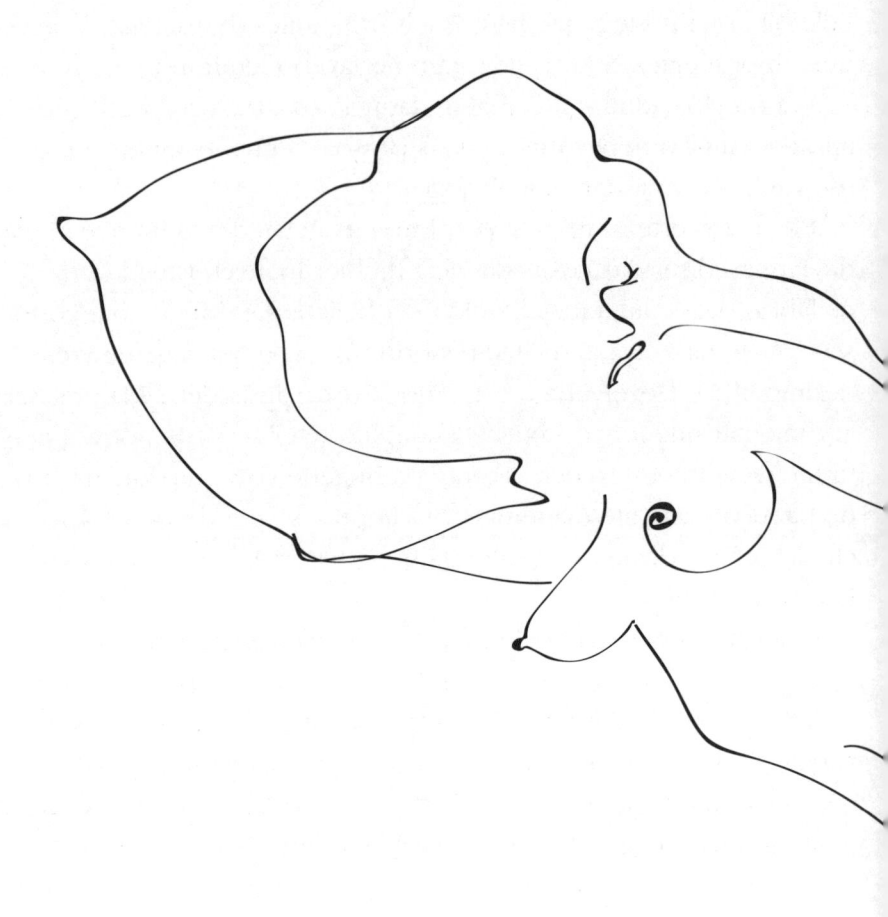

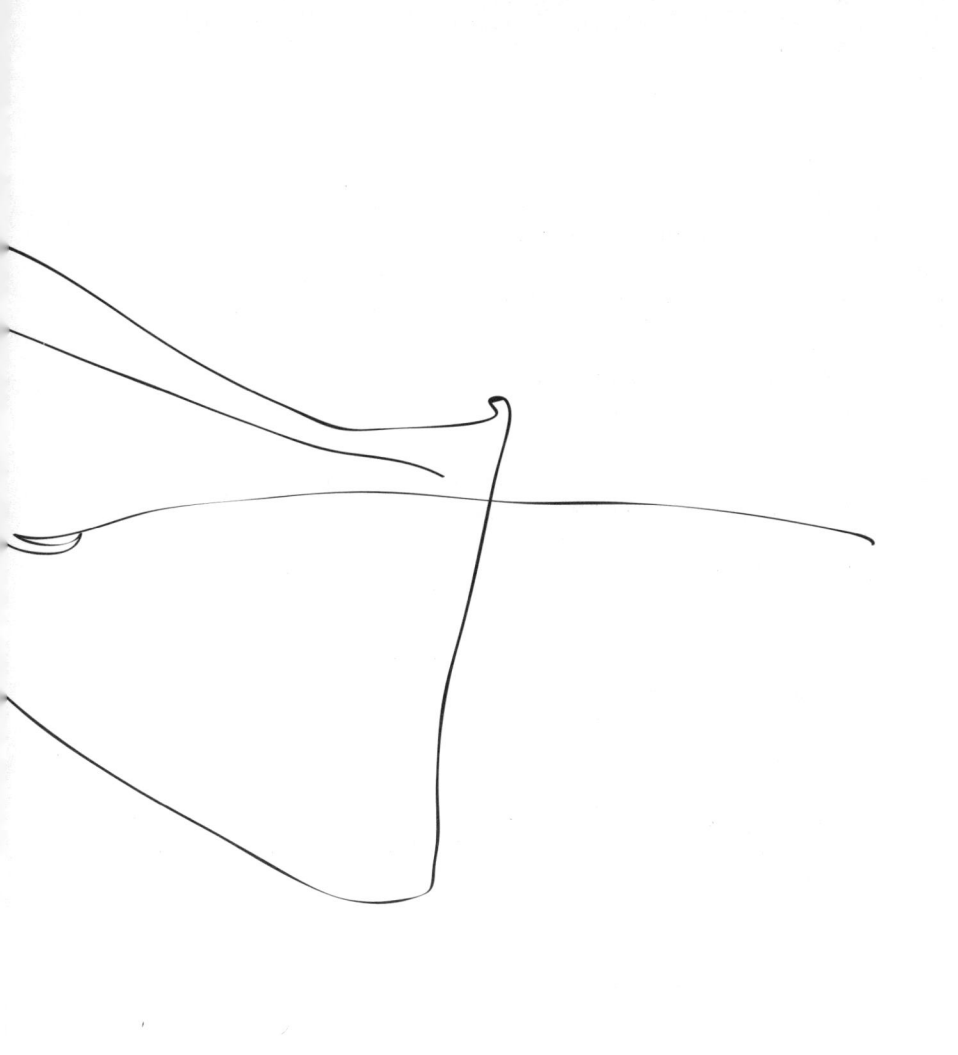

© 2016 Laranja Original Editora e Produtora Ltda
Todos os direitos reservados
www.laranjaoriginal.com.br

LARANJA ORIGINAL

EDITORES
Filipe Moreau
Miriam Homem De Mello
Jayme Serva

PROJETO GRÁFICO E CAPA
Luiz Basile - Casa Desenho Design

ILUSTRAÇÕES
Caio Borges

PRODUÇÃO EXECUTIVA
Gabriel Mayor

REVISÃO
Flavia Portellada

Dados Internacionais de Catalogação na Publicação (CIP)
(Câmara Brasileira do Livro, SP, Brasil)

Hafez, Sheila

    De A a Z, eróticas / Sheila Hafez. – 1. ed.
    São Paulo: Laranja Original, 2016.

ISBN 978-85-92875-00-8

1. Contos brasileiros 2. Crônicas brasileiras
3. Literatura erótica brasileira 4. Mulheres - Relacionamentos I. Título.

16-05602   CDD-869.9303538

Índices para catálogo sistemático:
1. Literatura erótica brasileira 869.9303538

Esta obra foi composta em Garamond Light pela Casa Desenho Design e impressa em papel Polen Bold da Cia Suzano de Papel e Celulose pela Laser Press para a Editora Laranja Original em agosto de 2016.

novosautores@laranjaoriginal.com.br